LE TESTAMENT NOIR

DU MÊME AUTEUR

L'Ange et le Loup, coll. Terre de poche, éd. De Borée, 2010

L'Homme qui en voulait trop, Presses de la Cité, 2011

Patrice Pelissier

LE TESTAMENT NOIR

Roman

Terres de France

PRESSES DE LA CITÉ

ISBN 978-2-258-09603-5

Presses de la Cité — un département **place des éditeurs**

place des éditeurs

Ce livre est pour toi, Caroline.

Prologue

27 août 1943

Je meurs.

L'homme n'eut pas le temps de penser à autre chose. La balle pénétra son corps, une douleur atroce. Par réflexe il porta sa main à la poitrine, sentit son sang couler entre ses doigts. Il s'effondra, bascula hors de la barque et fut happé par les eaux noires du lac.

La lune le regarda une dernière fois, tremblante sous l'effet de l'onde.

Comme elle l'avait regardé dès le début de son périple.

La nuit tomba sur le lac, offrit un peu de fraîcheur à la journée brûlante qui venait de s'écouler. Les bois alentour se transformèrent en une masse sombre que chacun craignait d'approcher. La lune n'offrait qu'un seul quartier à celui qui se serait aventuré sans lumière.

Un vent d'est souffla, chaud et frais à la fois. Les eaux du lac devinrent miroir, laissant deviner en leur centre un îlot sur lequel un chêne trônait, majestueux et mystérieux. Sa haute stature déchirait la nuit au fur et à mesure que la faible lumière lunaire l'éclairait. Pour les gens de la région, ce coin était maudit.

C'est pour cette raison qu'un homme décida cette nuit-là de traverser la forêt, tirant comme un beau diable une caisse en bois entourée de chaînes. C'était l'unique endroit possible pour cacher son fardeau, au milieu de l'île. Il avait attendu l'obscurité absolue.

L'homme leva la tête et profita de ce qu'un nuage masquait la lune pour traverser la clairière d'un pas soutenu. Plus que quelques mètres avant d'arriver jusqu'à la barque. Il pria pour que celle-ci ne soit pas sous un mètre d'eau.

Soulagé en la voyant attachée à un piquet vermoulu, l'homme s'offrit quelques minutes de répit. Un rayon de lune éclaira la caisse et dévoila une croix gammée dessinée dessus. L'homme soupira à cette vision. De la poche droite de son veston il tira une flasque, en but une rasade. L'eau-de-vie de son oncle était pire chaque année mais les privations lui avaient appris à se contenter de peu.

L'homme souleva tant bien que mal la caisse, la hissa dans la barque qui tangua dangereusement sous le poids. Celle-ci arrimée, il monta à bord. L'eau stagnante au fond passa d'un bord à l'autre, trempant le bas de son pantalon. Un bout de bois mal dégrossi faisait office de rame.

Les nuages défilaient à grande vitesse. L'homme se força à regarder devant lui. L'île l'effrayait, et cet arbre qui semblait se réveiller alors qu'il s'approchait !

Les branches s'entrechoquaient dans un craquement sinistre. Il ferma les yeux, pensa à la caisse et à ce qu'elle contenait. Cela lui redonna du courage. D'un geste rageur il frappa l'eau avec sa rame de fortune. Sur la grève de l'îlot, l'homme lutta pour ne pas s'enfoncer dans le sable et dut faire plusieurs pas avant de pouvoir sentir à nouveau sous ses semelles une surface dure. Il creusa une bonne heure. Le souffle court et les doigts en sang, il lui fallait accélérer le mouvement, la nuit ne tarderait pas à s'effacer. Il ne voulait en aucun cas qu'on retrouve le coffre dans les jours à venir. Plus il l'enfouissait sous terre, plus il protégeait son contenu et protégeait ainsi les autres d'une mort certaine si par malheur les Allemands découvraient leur identité. L'homme s'arrêta, leva les yeux vers le ciel puis redoubla d'efforts. Il tirait de toutes ses forces sur des racines qui semblaient résister à sa détermination.

C'est derrière elles qu'il dissimulerait la caisse. Une heure plus tard, il avait achevé son œuvre. Il se releva, fourbu. Ses articulations le faisaient souffrir. Il grimaça en s'époussetant. Quand la guerre ne serait plus qu'un lointain souvenir, il reviendrait sur l'île et donnerait à qui de droit ce que renfermait cette caisse.

L'homme poussa la barque, qui glissa sans bruit sur l'eau.

Il était à mi-chemin lorsqu'une balle le faucha. Il perdit l'équilibre, une main sur la poitrine, son sang s'écoulant entre ses doigts. Les eaux noires du lac l'avalèrent.

Sur la rive opposée, dans un bosquet, le tireur resta en joue quelques secondes après que l'homme eut sombré. D'un geste mal assuré, il dévissa le silencieux encore chaud et le plongea dans son sac. Il vérifia son arme sans oublier de faire monter une balle dans la culasse. Par les temps qui couraient, autant être sûr de pouvoir faire face à une mauvaise rencontre. L'homme se leva, jeta un ultime coup d'œil au lac que le vent ridait sur toute sa largeur. Il avait repéré l'endroit où le coffre avait été caché. Dès que possible, il reviendrait et le récupérerait.

Le fusil sur l'épaule, il choisit de fuir par les bois.

Il ne prit pas la bonne direction, et se dirigea tout droit dans la gueule du loup, une patrouille SS partie à la recherche de la caisse. L'homme eut tout juste le temps d'épauler avant d'être abattu.

Non loin, une chouette dérangée par l'échange de coups de feu s'envola du grand chêne. L'animal vit alors entre deux eaux un cadavre. Lentement le corps sombra.

Je meurs.

1

21 août 2010

« Nom de Dieu », prononça Eric Ducros quand il agrandit la photo sur l'écran de son Mac. Il se jeta sur le téléphone, ayant du mal à garder son calme, et s'y reprit à deux fois avant de composer le bon numéro. Personne à l'autre bout du fil. Il raccrocha et regarda à nouveau la photo, augmentant le pourcentage du zoom. Il jura encore, récupéra l'image sur son iPad. La découverte était de taille à provoquer dans le massif de Sainte-Victoire un véritable cataclysme.

Dix jours plus tôt, Eric Ducros emballait dans son sac une série d'objectifs et de boîtiers numériques. Plusieurs kilos de matériel, auxquels s'ajoutait un trépied. Il aimait ce poids sur ses épaules, comme il aimait la légèreté avec laquelle il effleurait le déclencheur de son appareil. La manœuvre devait se faire dans la nuance et la patience. Avec l'expérience et la pratique, il se comparait à un yogi du numérique, capable des positions les plus acrobatiques dans une immobilité parfaite pour photographier une scène précise. Ducros se savait doué. Ses récentes contributions à des magazines photo le confirmaient dans son statut de photographe semipro. Il ne pouvait en vivre et se refusait à faire des mariages pour se nourrir, à immortaliser de jeunes couples et leur famille, et passer du temps à corriger, à effacer, à estomper les défauts que trop de mariés prenaient pour des qualités. Tant de futilité ne reflétait en rien sa conception de sa passion. Il avait mis du temps à chercher, à comprendre ce qu'il voulait faire. Au fil des mois et des années, il avait progressé, vendu quelques photos et exposé dans les environs. Son poste dans un organisme culturel de la Région PACA avait pour avantage de lui laisser du temps libre.

Eric chargea avec précaution le matériel dans le coffre de sa Modus puis programma son GPS. L'appareil lui indiqua une bonne demi-heure de route en localisant le petit village où, enfant, il passait ses vacances. Le maire ne l'attendait pas avant 12 h 30. Il sourit à l'idée de déjeuner avec ce dernier. Depuis des années Eric n'était pas remonté dans ce coin du massif, depuis la mort de sa grand-mère en fait. La maison familiale avait été vendue pour une bouchée de pain à une époque où personne ne voulait de vieilles pierres, même dans le sud de la France. Village perdu, loin de tout, Saint-Ambrose gardait toutefois un semblant d'activité avec une pharmacie, tenue par le maire, un petit Coccimarket, un bureau de presse, et une fabrique d'emballages carton qui employait au bas mot le tiers des actifs de la commune. Eric se souvenait que quelques-uns de ses copains d'enfance étaient restés, embauchés par l'usine. Ils étaient nés là, avaient grandi dans ce village, étaient partis pensionnaires dans la vallée puis étaient revenus par la même route empruntée trois ans plutôt. Certains comprenaient qu'ils ne verraient pas d'autres horizons. La vie est ainsi faite. Alors l'usine fut l'unique salut et toute leur existence se construisit à Saint-Ambrose. Aix-en-Provence n'était pourtant pas loin mais pour beaucoup d'entre eux, être ici ou ailleurs ne changeait rien.

Ce genre de résignation ne ressemblait pas à Eric. Le jour des obsèques de sa grand-mère, il les avait revus. Autour d'un verre ils parlèrent de tout et de rien. Ducros promit qu'il reviendrait vite, promesse qu'il ne tint pas. Il n'avait pas l'habitude de venir faire des photos dans la région et préférait les plaines, plus particulièrement les arbres perdus dans les champs comme les dernières sentinelles d'une forêt oubliée. Quelques jours auparavant, il avait suivi un reportage sur France 3 Marseille au sujet des endroits méconnus de Provence. Les noms n'évoquaient pas grand-chose au photographe jusqu'à ce qu'ils arrivent à ce lieu familier de son enfance. A plusieurs kilomètres de Saint-Ambrose, un lac avec un îlot en son milieu et, au centre de ce petit bout de terre, un arbre aux formes étranges. On l'appelait le lac noir. Eric se souvint de ce lac maudit par les anciens depuis des générations. Ses eaux noires paraissaient sans fond. L'arbre, avec une partie de ses racines à l'air libre, semblait tout droit sorti de ces contes effrayants que les enfants écoutent avec la crainte sourde de voir leurs nuits remplies de cauchemars. C'était l'arbre qui avait décidé Eric à y retourner. Il se demanda même si ce n'était pas l'arbre qu'il cherchait depuis le début. Il reprit alors contact avec le maire du village afin de faire des repérages.

Pierre Loubeyrac l'attendait à la mairie. Sur le fronton de la bâtisse on pouvait lire, gravé dans une pierre claire, ÉCOLE PUBLIQUE, mais celle-ci avait été déplacée dix ans plus tôt dans un nouveau bâtiment plus moderne à l'entrée du village. Dans la cour, un vieux platane devait s'ennuyer ferme depuis que les enfants étaient partis. Eric se rappela qu'il avait fumé sa première cigarette à l'ombre de cet arbre par une chaude après-midi d'août avec deux ou trois gamins.

L'odeur de craie planait encore dans les couloirs de la mairie, tel un fantôme facétieux et un brin nostalgique. Sur les murs, des affiches annonçaient les prochaines activités de la commune. Des kilomètres de documents administratifs tapissaient un mur entier, jamais lus ni par ceux qui venaient à la mairie, ni même par leurs auteurs. Ducros monta à l'accueil où il découvrit Loubeyrac bataillant ferme avec une machine à écrire d'un autre âge.

— Vous avez essayé le pied-de-biche ?

Loubeyrac leva la tête, l'index et le majeur de la main gauche coincés entre les touches de l'antiquité.

— Vive les budgets minimalistes... Dans une autre mairie j'aurais une vraie secrétaire à plein temps.

Le maire se leva et déplia non sans difficulté son mètre quatre-vingt-quinze.

— Fais pas bon vieillir, crois-moi.

Loubeyrac contourna le comptoir d'accueil et serra chaleureusement la main de Ducros.

— Comment vas-tu ? Tu te décides enfin à faire quelques clichés sur tes terres ?

Ducros sourit. Le maire de Saint-Ambrose avait dû lui dire quinze fois lors de leurs derniers échanges qu'il ne comprenait pas qu'un photographe aussi doué puisse se perdre dans des grands espaces à l'autre bout de la planète alors qu'à quelques kilomètres d'Aix s'ouvrait un monde merveilleux.

Loubeyrac n'était pas à proprement parler un enfant du pays. Il avait racheté la pharmacie quinze ans plus tôt, attiré par la campagne et une rentabilité hors normes. Sa femme accepta de devenir l'épouse du pharmacien et lui donna un coup de main après qu'une préparatrice acariâtre eut pris sa retraite. Loubeyrac se refusait à la mettre à la porte, sachant que les dégâts collatéraux seraient démultipliés par la vieille pie. Ils prirent leur mal en patience et lui firent même un cadeau pour son départ, qu'elle accepta non sans faire remarquer que sa pharmacie lui manquerait. Depuis, elle n'était jamais revenue, ni en passante ni en cliente. Elle expliquait à qui voulait bien l'entendre que les pharmacies des centres commerciaux étaient tenues par de vrais professionnels. Loubeyrac laissa dire. Sans elle, son épouse et lui trouvèrent un parfait équilibre. La vie à Saint-Ambrose n'était pas désagréable. Ils devinrent villageois au même titre que le boulanger ou le boucher. Et s'il y avait toujours un imbécile pour demander d'où ils venaient, le pharmacien répondait non sans malice : « Du coin de la rue. »

Il se présenta aux élections. Par un dimanche soir de mai, il fut élu maire d'un petit village perdu dans la Sainte-Victoire, lui qui avait toujours refusé les honneurs et n'avait jamais accepté d'être délégué de classe.

Saint-Ambrose avait définitivement adopté Loubeyrac. Il s'était battu pour que l'unique usine de la région ne parte pas rejoindre une des nombreuses zones industrielles autour d'Aix, allant jusqu'à offrir des terrains pour son agrandissement et des arrangements fiscaux. Il fallait qu'elle reste au moins pour ceux qui avaient posé leurs valises ici et comptaient bien y demeurer. Sans cette manne d'emplois, Loubeyrac savait que Saint-Ambrose était condamné à se transformer en un village fantôme, comme de trop nombreux bourgs aux environs. Le tourisme ne résolvait pas tout.

Alors l'homme remuait ciel et terre pour que sa commune ait un autre avenir que celui d'être couché sur le papier glacé d'un livre souvenir.

— Tu comprends, Eric, observa le maire entre deux verres, sans cette usine nous sommes morts. Les touristes passent mais ne s'arrêtent pas vraiment. Même si notre petite église est l'une des plus belles du coin, nous n'avons pas de Vierge noire ou de maison de Picasso.

Eric écouta puis tenta d'aiguiller la conversation vers le lac. Le maire fut déçu de ne pas pouvoir aller jusqu'au bout de sa diatribe, chapitre dans lequel il frappait à bras raccourcis sur les importations de cartons chinois, entre autres.

— Le lac ?

Loubeyrac feignit la surprise.

— Je travaille sur les arbres en ce moment. Celui du lac est un sujet parfait.

— Je n'aime pas trop ce coin. C'est sombre et froid en toute saison. Si tu savais le nombre de légendes que l'on peut entendre à son propos...

— Quand j'étais gamin, cet endroit nous glaçait le sang. Personne n'osait y nager, même par des étés caniculaires. D'où peuvent bien venir de telles craintes ?

Loubeyrac haussa les épaules.

— Je n'en sais rien, à croire qu'ici on aime bien les histoires de bonnes femmes.

— Reconnaissez quand même que les lieux sont prédisposés. D'habitude les lacs et leurs abords sont avenants, les gens y viennent pour se baigner, se rafraîchir, pour profiter du cadre. Ici rien de tout cela. Le lac est fui comme la peste. Comme s'il avait une aura négative.

— On raconte même que pendant la Seconde Guerre mondiale, il a servi de cimetière à des maquisards ou des Allemands, je ne sais plus.

— Vous voyez, une histoire de plus à ajouter à une liste dont le diable serait fier, souligna Eric souriant en se resservant du fromage.

Le lac n'était qu'à un quart d'heure de marche du centre du village. Eric, une fois sorti de la maison du pharmacien, rejoignit sa voiture pour prendre son matériel et partit d'un pas déterminé vers sa destination. Il avait le sentiment étrange de vivre à nouveau son enfance, ces étés à courir la campagne avec ses camarades de jeu.

Enfant, le chemin lui paraissait sans fin. Eric et ses copains ne seraient jamais venus traîner seuls leurs guêtres dans un coin pareil. Mais l'effet de groupe interdisait à chacun de montrer sa peur alors que chaque pas les rapprochait du lac noir. Mètre après mètre, les enfants parlaient plus fort, gesticulaient, criaient presque. Il fallait se montrer valeureux et ce n'était qu'ainsi qu'ils y arrivaient.

Eric se surprit à chantonner sur le chemin de terre. D'un mouvement d'épaules il rehaussa et stabilisa son sac. Allez, se dit-il comme pour se donner du courage, au bout de ce sentier, tu as le petit bois et après le lac.

Le bois avait également sa part de légendes. On ne comptait plus les histoires de sorcières, d'enfants disparus, de suicidés pendus aux premières branches des arbres morts.

Ce jour-là, Eric ne vit qu'un bois aux feuillages d'un vert éclatant, aux clairières lumineuses. Comme si la forêt avait voulu se racheter de son passé lugubre. Eric la traversa puis marqua un arrêt. A travers les branchages, il distingua les eaux du lac, mirage étonnant, scintillement venu d'ailleurs. Il posa son sac à terre, se massa les épaules et décolla son tee-shirt trempé de sueur.

Il était temps de passer aux choses sérieuses. Un genou à terre, il ouvrit son sac, déplia au sol une couverture plastique sur laquelle il rangea précautionneusement ses boîtiers et objectifs. Il réfléchit, regarda au loin autour de lui avant de se décider pour un reflex et un optique grand angle. Il assembla son matériel avec la minutie d'un horloger devant un mécanisme rare et précieux. Il avait dans son sac l'équivalent de plusieurs années de salaire durement économisé.

Eric rangea le reste de son matériel. Il parcourut les derniers mètres, une main sur l'appareil déjà suspendu par une épaisse lanière autour de son cou. Dans l'autre il tenait fermement le pied rétractable.

L'arbre apparut, au milieu des eaux noires ridées par un vent chaud. Le branchage lentement se mouvait, branches mortes frôlant les feuilles des autres, comme si l'arbre saluait les retrouvailles par un geste de déférence. Eric contempla le paysage avant d'installer son matériel. L'étrangeté du lieu avait de quoi en effrayer plus d'un, et le jeune homme comprit pourquoi enfant il en avait si peur. Autour de lui cette forêt était vivante et au milieu de cet îlot un gardien d'un autre temps, créature étonnante, en protégeait l'accès.

A ce moment précis, il sut que c'était l'arbre qu'il cherchait.

Il s'imposait comme le symbole parfait de son nouveau travail dont il espérait tirer assez de photos de qualité pour organiser une exposition.

Eric posa son trépied sur la terre ferme, l'herbe haute en masqua le premier tiers. Il vérifia que le sol était bien stable. Il fit courir son regard sur ce qui serait son sujet principal. Un souffle chaud joua avec la cime du chêne puis s'arrêta. L'arbre prenait la pose.

La séance photo dura deux bonnes heures. Il se promit de revenir un matin très tôt.

Arrivé chez lui, il sacrifia au rituel du nettoyage parfait, non sans avoir au préalable transféré l'intégralité de sa carte mémoire sur son ordinateur. Puis il dîna et étudia longuement ses photos, à la recherche de celle qui éveillerait chez lui le sentiment du travail accompli.

Eric éteignit vers 2 heures du matin, satisfait. Il avait su saisir ce qu'il avait ressenti.

Dix jours plus tard, alors qu'il avait déjà mis de côté deux photos qu'il trouvait plutôt réussies, il décida de grossir des détails. Naissait alors une autre image, un autre point de vue, tout aussi riche que le cliché original. Les racines dénudées de l'arbre formaient une bouche édentée, grimaçante et effrayante.

Alors qu'il faisait glisser sa souris, il remarqua soudain un détail insolite qui lui inspira une série de jurons.

Il prit la route immédiatement. Pierre Loubeyrac étant injoignable, il choisit de le retrouver directement là-haut.

Sa découverte allait agiter le village, raviver de drôles de souvenirs et en enterrer d'autres.

A la pharmacie, l'épouse du maire, surprise de le voir, lui indiqua que son mari était parti rendre visite à un petit vieux à l'autre bout de Saint-Ambrose. Eric se précipita dans les rues du bourg. Au croisement de deux ruelles, il tomba sur lui.

— Il paraît que tu me cherches ? demanda Loubeyrac en serrant énergiquement la main moite d'Eric.

Le jeune homme ne se lança pas dans un long discours, ouvrit l'étui de son iPad, tapota sur l'icône photo, fit glisser son doigt sur un dossier, cliqua sur un fichier, tourna l'écran en mode paysage pour afficher l'image. Il colla l'écran sous le nez du maire, qui, à ce moment précis, voulut placer un bon mot mais se ravisa. Tout d'abord l'îlot, puis, enfouie dans les racines de l'arbre, on devinait une planche marquée d'une croix gammée noire.

2

L'homme entra et s'avança les poings serrés vers un miroir sans tain. Dans la pénombre de la pièce, il se tenait droit comme un i, ivre de rage. Il avait beau être capitaine de police, il n'en demeurait pas moins un être humain. De l'autre côté de la salle se tenait un vieillard, mal assis sur une chaise en métal, les avant-bras posés sur une table bancale. Il regardait devant lui, fixant un mur qui ne pourrait jamais refléter le vide abyssal de ses pensées. A aucun moment il ne tourna la tête vers le miroir ni ne se douta qu'il puisse y avoir quelqu'un derrière. Tordu dans cette position inconfortable, il attendait mais il ne savait plus qui il était, comme il ne savait pas où il était et ce, depuis plusieurs mois.

Le capitaine de police ne décolérait pas : il avait face à lui celui qui avait plongé sa femme dans le coma quelques jours plus tôt.

Ce matin-là, Léa Kobolsian était partie faire ses cinq kilomètres de jogging quotidiens. Le soleil se levait à peine et la température extérieure approchait les 18 °C. Elle aimait courir tôt seule sur les sentiers.

Elle imaginait le monde endormi et, peu à peu, voyait Aix-en-Provence se réveiller. Sur les hauteurs de la ville, elle courait et se sentait bien. A bientôt trente ans, son corps était une machine parfaitement huilée et à chaque course elle exigeait de lui plus d'efforts. Péché d'orgueil qui allait lui être fatal.

Victor Kobolsian n'aimait pas voir partir sa femme dans la pénombre du petit matin. Il ne comprenait pas non plus quel plaisir elle pouvait prendre à courir. Malgré les exigences de son métier et sa volonté à trente-cinq ans d'avoir le même corps et la même forme qu'à vingt ans, il préférait pousser de la fonte sur des machines de torture hautement sophistiquées dans des salles de gym ou bien taper comme un sourd dans une balle de squash. Il avait besoin d'un effort violent qui le mettait à plat alors que sa femme cherchait à repousser toujours plus ses limites.

A une ou deux reprises, en vacances sur l'île d'Oléron, il l'avait accompagnée. Les bords de mer offraient un terrain de jeu hors du commun pour Léa. La beauté des paysages, la chaleur des petits matins, l'odeur de l'iode et des herbes folles. Tout ici offrait à sa femme le parcours parfait. Et lui, d'une foulée sûre, avait accepté de se joindre à elle. Une heure plus tard, il le regrettait amèrement, perdu dans le sable avec Léa qui transpirait à peine malgré l'effort surhumain qu'ils produisaient.

Non, Victor n'aimait pas que sa femme parte seule. La nuit cachait pas mal de barjots et il n'y avait pas d'heure syndicale pour les obliger à rentrer chez eux. Il eut beau lui démontrer par a plus b que cela pouvait être dangereux de courir seule, Léa lui répondit avec un grand sourire que celui qui arriverait à la rattraper en pleine course n'était pas encore né. Par contre, celui qui allait lui frotter le dos sous la douche et vérifier que sa peau était toujours aussi douce se trouvait devant elle et devait agir vite si elle ne voulait pas être en retard au boulot.

Elle ne croisa aucun désaxé mais elle ne put éviter la voiture conduite par ce vieillard toujours immobile depuis plus d'une heure, devant cette table branlante.

Kobolsian, entouré par ses hommes, donnait l'impression d'être ailleurs et dans cet ailleurs il étranglait celui qui avait renversé sa femme.

Le commissaire Abrest lui interdit formellement de s'approcher de l'accusé. Ni lui, ni un de ses gars. Il ne tenait pas à ce que son capitaine grille sa carrière sous le coup de l'émotion. Kobolsian était un sanguin mais un très bon flic, réglo, efficace, droit dans ses bottes. Son équipe lui faisait confiance et avançait toujours derrière lui, même face aux pires affaires. Aix-en-Provence n'était pas en reste pour les cas sordides. La folie humaine n'avait aucune raison d'épargner ce coin de Provence.

— L'homme que nous venons d'appréhender, fit Abrest à un Kobolsian anéanti, n'a pas tous ses moyens. Il est âgé et paraît ne se rendre compte de rien, même pas de l'endroit où il se trouve. Alors je vous demande de vous contenir. Si vous avez besoin de quelques jours, je vous les donne, mais je comprendrais également que vous préfériez bosser. Faites ce que bon vous semble mais si par malheur j'apprends que vous êtes entré dans la pièce et que par votre faute il lui est arrivé quelque chose, je vous sacque. C'est Tromel qui se chargera du dossier et qui m'en informera en premier. Compris, Kobolsian ?

Ce dernier répondit par un hochement de tête et s'en retourna à son bureau. Un épais dossier de viol sur mineurs l'attendait. Il fixa la pile de paperasse et sut qu'il ne ferait rien de bon. A sa droite Armelle Boucher, lieutenant, essayait tant bien que mal de travailler en jetant régulièrement un coup d'œil au capitaine.

— Arrête de faire semblant, Boucher, et viens me payer un café, j'en ai besoin.

— A tes ordres ! fit la jeune femme, libérée d'un poids.

Elle déplia son mètre soixante-quinze, ouvrit le tiroir de droite de son bureau, plongea sa main dans son dos et en ressortit son arme de service. Elle la posa sur un tissu bleu puis tourna la clé de la serrure du tiroir pour la ranger dans la poche avant de son jean.

Elle rehaussa d'un geste mécanique un élastique dans ses cheveux pour redresser sa queue de cheval.

Dans les couloirs, les collègues de Kobolsian, gênés, lui dirent un mot, d'autres lui tapèrent sur l'épaule. Kobolsian ne répondait pas. Il n'en avait pas la force.

La machine à café avait été installée dans un recoin où deux antiques fauteuils, dans un pur style administratif des années 80, finissaient leur carrière. Ils avaient vécu, comme tout ce bâtiment qui du sol au plafond aurait eu besoin d'un sacré coup de peinture. Un café fumant à la main, Victor soupira.

— Tu ne devrais pas être là, osa lui dire Armelle qui bataillait avec le monnayeur de la machine et un tas de piécettes.

— Dans le service réa, il n'y a pas beaucoup de place pour les vivants.

— Ne dis pas ça. Léa a besoin de toi comme tu as besoin d'elle. Regarde-toi, tu tournes en rond. La vue de ce type n'est pas des plus bénéfiques. Prends du recul et reste avec ta femme.

Victor ne put s'empêcher de reconnaître qu'Armelle avait raison. Sa place était auprès de son épouse à attendre qu'elle revienne, en supposant qu'elle le puisse. Kobolsian n'osa pas non plus avouer à sa collègue que malgré ses airs de dur à cuire et sa réputation de flic coriace au sein du commissariat, il avait une trouille bleue des hôpitaux en général et des services de réanimation en particulier. Depuis toujours en fait. Ce sentiment de détresse, voire de panique, s'était accentué quand son père avait été hospitalisé pour un cancer des poumons. Quelques mois plus tard, il termina ses jours dans un service que beaucoup ici appelaient le mouroir. A chaque visite, Kobolsian avait dû prendre sur lui et avancer à pas raccourcis dans les couloirs mal éclairés, accompagné dans son chemin de croix par les gémissements et les râles de ces hommes et ces femmes qui vivaient l'enfer de leurs derniers jours sur terre. Victor Kobolsian rentrait la tête dans les épaules et se focalisait uniquement sur la distance restant à parcourir jusqu'à la porte de la chambre. Chaque fois qu'il la poussait, il ne savait pas dans quel état il trouverait son père. La maladie l'avait rongé jusqu'à la moelle, le laissant tel un spectre jaunâtre effleurant à peine ses draps. A côté de lui, sa propre mère rayonnait telle la Sainte Vierge, tenant sa main en lui offrant un peu de sa vie en réconfort.

Léa l'accompagnait à chaque visite, l'aidant à traverser cette épreuve. Elle semblait mieux supporter ce voyage, mieux l'accepter que lui.

Voir Léa dans cette chambre, intubée, rattachée à la vie par ces machines qui respiraient à sa place et qui psalmodiaient une prière faite de sons courts et répétitifs, le rendait malade. Sa femme, pour qui il aurait donné sa vie, était là entre deux mondes, luttant seule dans les abîmes du coma. Les bras le long du corps, les cheveux collés à son si beau visage, si pâle à cet instant, elle avait l'allure d'un fantôme, frêle, fragile.

Assis sur le côté gauche du lit, Kobolsian caressa du bout des doigts le dos de la main de Léa, puis il remonta jusqu'à son visage et lui glissa une mèche de cheveux derrière l'oreille.

— Le coma est un mystère. Que se passe-t-il vraiment dans la tête de votre épouse à ce moment précis ? Mais toute intervention de l'extérieur ne peut que l'aider à remonter la pente et à revenir vers nous.

Victor Kobolsian sursauta, il n'avait pas entendu entrer l'homme en blouse blanche.

Le médecin se présenta, courtois, rassurant, ce qui soulagea le jeune flic, tendu.

— Docteur Julien Roux, je suis neurochirurgien. Je n'aime pas particulièrement ce genre d'endroit. Les patients flottent quelque part entre la vie et la mort. Moi, je ne soigne que les vivants, en tout cas j'essaie.

A ce stade-là, le combat est souvent inégal mais la volonté de survie du malade est parfois surprenante. Il ne faut jamais désespérer, voilà la leçon du jour. Sachez qu'ici, elle s'applique et se récite à chaque instant.

Kobolsian ne put s'empêcher de penser que ce Roux devait servir sa soupe à chaque nouveau dans le service, mais il trouvait ses paroles réconfortantes. C'était tout ce qu'il cherchait, du réconfort.

— Et pour Léa ? murmura-t-il.

Il n'osait prononcer certains mots de peur d'attirer le malheur sur sa femme. Il n'était pourtant pas superstitieux mais à l'heure actuelle il ne se trouvait plus dans son état normal.

— Le scanner ne nous a rien montré de grave. Pas d'hémorragie interne, ni de lésion cérébrale. Si j'osais, je dirais qu'elle a su gérer le choc. Elle a certainement vu venir la voiture et son corps s'est préparé. Son coma est une réaction étonnante à l'accident. Son organisme a subi un traumatisme hors du commun. Difficile de dire s'il pourra faire avec. Seul son cerveau est maître à bord. Le combat n'est jamais perdu d'avance.

— Combien de temps avant qu'elle ne revienne ?

Le docteur Roux haussa les épaules, regardant Léa Kobolsian avec une certaine tendresse, ce que remarqua Victor. Il apprécia que la blouse blanche ne déshumanise pas celui qui la portait.

— Je ne suis pas là pour vous mentir. Jusqu'à maintenant, votre épouse ne nous a donné aucun signe engageant d'un réveil à venir, mais rien d'alarmant non plus.

Le médecin s'approcha de sa patiente. Il examina les relevés d'informations que les différentes machines collectaient.

— Monsieur Kobolsian, je sais que l'attente sera longue mais soyez à ses côtés et aidez-la, parlez-lui, nous ferons le reste.

Le docteur Roux lui serra la main et repartit dans les couloirs continuer sa tournée. Victor tira vers lui une chaise qu'il colla au lit, reprit la main de Léa, y posa un baiser.

— Je suis là, ma chérie, lui murmura-t-il d'une voix pleine d'amour.

3

Pierre Loubeyrac demanda à Eric de lui confirmer ce qu'il voyait s'afficher sur l'écran de l'iPad. Le jeune homme s'exécuta.

— Dans l'entrelacement des racines, on peut deviner ce qui ressemblerait à une caisse et sur celle-ci une énorme croix gammée.

— Tu es sûr pour la croix gammée ?

Ducros crut que Loubeyrac se moquait de lui. Mais quand il vit sa mine sombre, il comprit que l'homme ne blaguait pas. Le maire tendit le doigt vers l'écran, ce qui eut pour résultat de faire trembler l'image. Il suivait du bout de l'index le dessin du symbole nazi.

— Nom de Dieu...

Loubeyrac avait enfin quitté des yeux la photo. Debout dans son bureau à la mairie, il arpentait de long en large les quelques mètres qui le séparaient d'une cloison à l'autre. Ducros s'était installé dans un coin, sa tablette numérique sur le bureau du maire.

— C'était donc vrai, continua Loubeyrac.

— Qu'est-ce qui est vrai ?

— La caisse des nazis. Cela ne faisait pas une semaine que nous étions installés, ma femme et moi, à Saint-Ambrose, que la plupart des anciens nous bassinaient déjà avec leurs histoires d'or des nazis. Soi-disant qu'en 42 ou 43, je ne sais plus, un bataillon allemand a perdu une caisse pleine d'or et c'est ici qu'elle aurait été vue pour la dernière fois. Personne n'aurait pu le certifier mais les légendes ici sont indéboulonnables. Mille fois on m'a assuré qu'un jour elle réapparaîtrait. Celui qui mettrait la main dessus ne dirait rien et empocherait le pactole. Tu ne peux pas savoir combien de fois j'ai entendu leurs vieilles histoires. T'as déniché le Saint-Graal. Ça va faire du bruit dans les chaumières.

— A ce point ?

— Attends de voir. Pour l'instant je préviens la gendarmerie, je convoque le conseil municipal et...

Loubeyrac s'arrêta. Il fixa le jeune photographe.

— Qu'est-ce qu'il y a ? demanda Ducros, presque gêné par le regard insistant du maire.

— Tu veux peut-être tout garder pour toi ?

— Pardon ?

— Oui, après tout c'est bien toi qui l'as dénichée. Tu aurais le droit de faire main basse sur cette caisse.

Ducros sourit.

— J'y ai pensé en montant. J'ai même eu la tentation de vérifier d'abord avant de vous montrer, mais je dois être un peu trop honnête ou naïf.

— A l'instant précis où nous mettrons la main sur la caisse, il sera trop tard pour réclamer quoi que ce soit.

— En supposant qu'il y ait quelque chose à réclamer !

— Vu l'ampleur de la légende, c'est soit de l'or, soit...

— Soit des vieux papiers qui ne valent pas un kopeck. A la rigueur ils feront le bonheur des historiens.

— Nous verrons bien.

Loubeyrac reprit sa course d'une cloison à l'autre.

— Vous n'appelez pas la gendarmerie ?

Le maire se figea une nouvelle fois puis revint vers son bureau. Il prit le téléphone mais se ravisa : il devait avant tout prévenir ses adjoints. Les gendarmes attendraient.

La secrétaire de mairie étant absente, il se chargea de passer les trois coups de fil nécessaires pour rameuter ses troupes. Un seul de ses contacts répondit.

Les relations du maire avec son premier adjoint et « premier grand con de la commune », comme il aimait à s'appeler lui-même, n'avaient pas toujours été au beau fixe. Christian Chemin avait un caractère bien trempé, un caractère de chien même, auraient ajouté les habitants de Saint-Ambrose. De petite taille et large d'épaules, il partait du principe qu'il ne fallait pas marcher sur ses plates-bandes et encore moins sur ses pieds. L'homme travaillait à l'usine comme chef de fabrication. Loubeyrac le croisa pour la première fois peu de temps après son installation dans le village. Sans le vouloir, le maire lui avait grillé la priorité à l'entrée de Saint-Ambrose. Chemin sortit en hurlant de sa voiture devant un Loubeyrac estomaqué par tant de hargne qui profita de sa grande taille pour faire face à ce petit bonhomme survolté. Le lendemain, Chemin dut se rendre à la pharmacie et quelle ne fut pas sa surprise de découvrir son conducteur du dimanche en blouse blanche derrière la caisse. Les deux hommes se fixèrent, se jaugèrent tels deux boxeurs avant le combat. Chemin fit le premier pas en tendant la main.

— Vous n'avez rien pour l'humeur de dragon qui est la mienne ?

— Si, répondit le pharmacien, mais il vous faudra ajouter une préparation pour la mauvaise foi caractérisée.

— Bah, si vous en prenez avec moi, ça ira.

— Très bien, une double dose pour tout le monde, repassez après la fermeture.

Les deux hommes prirent le soir même une cuite mémorable qui ne changea en rien le caractère de Chemin mais pacifia leur relation.

Les années passèrent et leur amitié devint sincère. Loubeyrac rendit visite un soir de décembre à Chemin pour lui demander de le rejoindre sur la liste électorale, tout en ayant l'intime conviction que son ami n'accepterait jamais. Contre toute attente, il accepta, sans rechigner.

Téléphoner à Christian Chemin relevait aussi de l'épreuve. Neuf fois sur dix, il envoyait balader son interlocuteur avant même de savoir qui était à l'autre bout du fil.

Cette nouvelle occasion n'échappa pas à la règle et Loubeyrac dut hausser la voix pour que son ami l'entende et comprenne qu'il se passait un événement important à Saint-Ambrose.

Chemin arriva dans les cinq minutes.

La gendarmerie fut plus difficile à joindre. Pendant les vacances, elle était plus souvent sur les routes qu'à la caserne. Les touristes avaient tendance à prendre les petites routes pour des pistes de rallye. A cela s'ajoutaient l'alcool et la bêtise que se partageaient sans complexe les habitants du coin et les vacanciers.

Le major Dulat appréciait le calme des environs. Sa gendarmerie était une modeste brigade, avec des allures de vieux camp retranché perdu dans la garrigue. Ici, pas de banlieues difficiles, juste des hommes et des femmes au parcours de vie chaotique et qui se laissaient aller à la dérive, entraînant dans leur chute famille, amis et parfois des inconnus. Bien sûr, comme partout, il y avait des cambriolages quand les maisons s'endormaient après les saisons d'été. De temps à autre un bureau de tabac subissait une attaque de nuit, mais la violence quotidienne que rencontraient ses collègues des villes aux alentours était absente et ce n'était pas plus mal ainsi. Le major Dulat n'avait pas écouté les sirènes répétées des promotions et autres avancements. Non, devenir capitaine ne l'intéressait pas. Il se sentait bien ici, avec le sentiment d'accomplir sa mission.

Le coup de fil du maire de Saint-Ambrose le prit au dépourvu. Il écouta Loubeyrac sans mot dire, n'étant pas très certain de vouloir intervenir après cette étrange découverte d'une caisse en bois qui daterait de la Deuxième Guerre mondiale. Il avait entendu des histoires autour de la Résistance, des nazis et des trésors oubliés. Chaque région ayant connu l'Occupation ou des parachutages des forces françaises basées en Grande-Bretagne avait ses légendes. Chaque famille qui, du jour au lendemain, avait vu son train de vie augmenter après la guerre était soupçonnée de détenir dans ses caves de l'or nazi.

Dulat reposa le combiné en soupirant. L'insistance du maire avait eu raison de ses oppositions.

Sur les conseils d'Eric, Loubeyrac fixa le rendez-vous à l'orée de la forêt. Une première rencontre à la mairie n'aurait pour effet que de s'user en conjectures, de perdre un temps fou autour d'une simple photo, bref de tout retarder. Ils auraient l'occasion de se poser après. Loubeyrac trouva judicieuse la réflexion du photographe de prévoir pelles et pioches. A la remarque du jeune homme quant à savoir s'il y avait sur place une barque pour traverser, le maire s'interrogea. Cela faisait des mois qu'il ne s'était pas rendu sur place et il ne se souvenait pas d'avoir vu quelqu'un naviguer sur l'eau ni aucun moyen pour le faire.

— On verra là-bas, dit-il.

Chemin y était déjà, les bras croisés haut sur la poitrine.

— Désolé pour le retard mais nous avons dû passer chez moi pour récupérer une pelle, fit le maire avant que l'un des deux n'eût le temps d'ouvrir la bouche. Le major Dulat ne devrait plus tarder.

Sa phrase eut l'effet escompté. Eric se demanda lequel des mots « pelle » ou « major » était responsable de son silence circonspect.

Chemin retrouva vite ses esprits.

— Nom de Dieu, qu'est-ce que tu comptes faire avec ça ? Déterrer un mort ?

Ducros fut tenté de lui répondre : « Presque », mais l'arrivée du major le coupa dans son élan.

Loubeyrac fit les présentations, pressé d'aller au bord du lac. Chemin tendit une main molle au photographe et salua à peine le major. Pour l'instant il ne saisissait pas la raison de leur venue et commençait à montrer des signes d'agacement.

— Eric, passe ton engin, demanda le maire, se rendant bien compte qu'il était temps de donner une explication à leur convocation en rase campagne.

Le jeune homme s'exécuta, tendant vers le petit groupe sa tablette. Sur le coup personne ne comprit pourquoi on leur montrait une photo de ce qui semblait être l'île du lac. Ducros passa les doigts sur l'écran, bafouilla une excuse. Une fois l'image agrandie, les mines contrariées se modifièrent. Celle du major également. Après quelques instants de contemplation, chacun y alla de sa bordée de jurons.

Loubeyrac ne leur laissa pas le temps de poser des questions auxquelles lui-même n'avait pas la moindre réponse.

— On y va ! lança le maire en empoignant une pelle et en tendant une pioche au major.

Ducros ferma son sac après avoir placé sa tablette au fond.

— Manquerait plus que tu te blesses, et ce serait nous qui serions dans la mouise, dit Chemin en narguant le major.

Dulat choisit de ne pas réagir mais se dit qu'un jour ce gars aurait droit à un contrôle routier sévère.

Ils ne croisèrent personne en partant vers le lac. Ici les touristes ne venaient guère et les gens du coin évitaient l'endroit comme la peste. Le bois était mal entretenu. Le soleil perçait difficilement dans cette masse verte et la fraîcheur des sous-bois contrastait avec la chaleur du mois d'août. Le groupe avança en file, préférant garder le silence. Inquiet, Ducros fermait la marche, accompagné par quelques cigales téméraires.

Le lac ne tarda pas à se dévoiler, aidé par un soleil de plomb qui jouait avec la surface de l'eau en la transformant en un miroir doré éblouissant. Dans cette clarté aveuglante qui leur fit plisser les yeux, se dessina l'îlot avec son arbre torturé. Une poignée de secondes leur fut nécessaire pour s'accoutumer à la luminosité. Les quatre hommes, les mains sur les hanches, contemplaient ce bout de terre.

— Y a plus qu'à traverser, dit Ducros.

— Oui, mais avec quoi ? interrogea le major toujours dans la même position.

Chemin profita de ce moment pour s'éclipser. Aucun des trois n'y fit attention. Quelques minutes plus tard, il revint par la rive, le pantalon remonté jusqu'aux genoux, les pieds dans l'eau, tirant derrière lui, grâce à une corde verdie par les algues, une barque hors d'âge.

— Ne me demandez pas d'où elle vient, je ne répondrai pas devant la maréchaussée.

Dulat soupira.

L'embarcation étant trop petite, Chemin fit deux allers et retours, soufflant comme un bœuf à chaque coup de rame mais refusant l'aide de qui que ce soit et encore plus celle du gendarme. Sur place, ils se dirigèrent vers l'arbre, Loubeyrac portant à bout de bras pelles et pioches. Personne ne parla. Certains étaient perplexes, d'autres angoissés sans pouvoir en expliquer la raison. La guerre appartenait aux livres d'histoire. Ils étaient à peine nés, voire pas du tout, au moment des faits. La découverte de cette caisse risquait de troubler les anciens et de réveiller les souvenirs douloureux d'une époque sombre. Les acteurs de ce passé étaient pour la plupart encore vivants.

Le photographe fut le premier à se mettre à genoux, à l'endroit précis qui figurait sur sa photo. Le maire s'accroupit, accompagné dans son mouvement par Chemin. Dulat resta debout, tenant à la main les outils. Le jeune homme procéda à la manière d'un démineur professionnel. Il avança la main, écartant avec délicatesse les herbes folles qui avaient formé un écran presque parfait dans les racines étranges de l'arbre. Il ne lui fallut pas longtemps pour mettre au jour ce pour quoi ils étaient là. Eric ne put refréner un frisson quand ses doigts effleurèrent l'insigne nazi gravé dans les nœuds des planches. Il enfonça son bras plus profondément puis sentit quelque chose de plus dur, froid, et découvrit les maillons épais d'une chaîne. Il s'y agrippa et tira comme il put sur cette prise providentielle. Le maire et Chemin, voyant le jeune homme forcer comme un diable, se joignirent à lui. En quelques instants, la caisse fut sortie du tombeau où elle reposait dans le plus grand calme depuis plus de soixante ans.

Les quatre hommes, dont trois assis sur un sable fait de limon, constatèrent ébahis que les vieilles légendes venaient de prendre vie devant eux. Ce coffre resurgissait d'un lointain passé et aucun des présents ne souhaitait le voir reprendre le chemin des brumes. Il était là, enchaîné, marqué du lourd sceau de l'enfer, menaçant.

Loubeyrac lâcha un « Nom de Dieu » qui fut approuvé par tout le monde. Ce qu'il avait à ses pieds était bien réel. Tels les Rois mages, ils entouraient une foutue caisse. Le maire s'agenouilla non sans grimacer, ses articulations le faisaient souffrir de plus en plus. Il fit glisser sa main sur le bois lisse, presque parfait malgré tout ce temps passé sous les racines de cet arbre. Aucune trace d'agression naturelle. Il inspecta la chaîne. Aussi résistante qu'à la première heure. Il fut surpris de constater qu'il n'y avait pas de cadenas mais plusieurs points de soudure. Chemin rejoignit son ami, examinant lui aussi les lourds maillons.

— La vache, siffla-t-il, ils ont fait les choses comme il faut, les boches. On ne risquait pas de l'ouvrir, leur caisse.

D'un geste nerveux, Chemin secoua la chaîne. Les bruits des maillons s'entrechoquant furent la seule réponse à cette attaque, un « Cause toujours mon vieux, tu peux t'acharner sur moi, je ne lâcherai rien ».

— Et maintenant qu'est-ce qu'on fait ? demanda Loubeyrac en se grattant une barbe naissante.

— On l'ouvre, répondit Chemin du tac au tac en se saisissant de la pioche.

— Certainement pas.

Pour la première fois, Dulat intervint et sa voix forte paralysa l'ouvrier.

— Hors de question de toucher à cette caisse. Ni vous ni moi ne savons ce qu'elle renferme. Explosifs, produits chimiques ou simples papiers ? Nous devons prévenir le service de déminage pour qu'il la prenne en charge.

— Tu veux la laisser là ? interrogea Chemin. Avec les gus du coin, elle va vite s'envoler.

— Chemin n'a pas tort, ajouta le maire. Nous venons de la déplacer sans aucune précaution. Mais si elle avait dû exploser, cela serait déjà fait.

Le groupe se figea, réalisant en un millième de seconde les risques qu'ils venaient de prendre et la bêtise de leur geste. Le photographe frissonna. C'était lui le premier qui avait plongé son bras, collé presque son visage contre ce qui aurait pu être un explosif.

Dulat fit la moue et réfléchit avant de reprendre la parole.

— On la rapporte au village et on attend la brigade de déminage. Au moindre bruit suspect à l'intérieur, je vous préviens, on la pose et point barre.

Autour de lui, tous se regardèrent, Chemin haussa les épaules et le maire acquiesça, satisfait tout de même de mettre le coffre à l'abri.

Le moment le plus périlleux fut la traversée du lac sur une barque qui s'enfonçait sous la ligne de flottaison, avec à son bord une caisse allemande et un râleur qui ne craignait qu'une chose : envoyer une légende dans les profondeurs du lac.

Il fallut une demi-heure à l'équipée pour regagner la terre ferme, saisir à trois les chaînes du coffre et se diriger vers l'orée du bois et Saint-Ambrose.

A peine furent-ils entrés dans la rue principale que les portes s'ouvrirent. D'abord attirés par le bruit des chaînes, les badauds le furent encore plus par le convoi. Les uns après les autres, ils rejoignirent le groupe pour former à la fin une véritable procession. Le curé se mêla à la foule, fermant la marche. Il était curieux comme une fouine. Fait rare : il se passait quelque chose dans sa paroisse.

Le gendarme se retourna à plusieurs reprises, se demandant quelle serait la réaction des villageois quand il mettrait la caisse sous clé.

Chemin et Loubeyrac transpiraient à grosses gouttes, les mains crispées autour des lourds maillons. De temps à autre les coins pointus venaient leur écorcher les cuisses et leur tiraient des grimaces de douleur. Chemin, mal placé, souvent déséquilibré dans sa marche, fut celui que la caisse cogna le plus, mais l'homme, ne tenant pas à se ridiculiser, resta stoïque.

Ils s'arrêtèrent devant la mairie. Loubeyrac pensa que c'était le moment opportun pour faire une intervention.

Ils posèrent leur fardeau sur le perron, l'insigne nazi bien en évidence. Le silence fut pesant mais vite rompu par un brouhaha général dans lequel chacun trouva des choses à dire et redire. Une phrase revint en écho, quelques mots qui ne tardèrent pas à se frayer un chemin jusqu'aux oreilles du maire et de son équipe : « C'est le trésor des Allemands ! »

– Nous venons de découvrir cette caisse sur la petite île du lac, cria presque Loubeyrac.

— Et comment avez-vous eu l'idée de creuser là-bas ?

La question venait du premier rang. Malgré son âge et ses difficultés à se déplacer sans sa canne, César Andreani était réputé pour sa gouaille. Il aurait pu avoir pour fils un gars comme Chemin. Connaissant le bonhomme, Loubeyrac se serait attendu à une réaction un peu plus vive, mais il savait également qu'Andreani exploserait en temps et en heure.

— Eric Ducros ici présent est venu faire des photos pour une prochaine exposition à la mairie.

Les villageois resserrèrent les rangs pour mieux entendre et ne pas en rater une miette.

— C'est en retravaillant ses clichés, en les agrandissant je crois, mais tu m'arrêtes si je me trompe, Eric...

Le jeune homme, gêné d'être mis en avant, acquiesça d'un mouvement de la tête.

— Sur un des agrandissements, continua Loubeyrac, il y avait cette croix gammée. J'ai demandé à mon adjoint de m'aider ainsi qu'au major. Le reste, vous l'avez sous les yeux.

La foule dans un mouvement presque parfait passa du maire à la caisse et à cet insigne qui l'hypnotisait.

Certains se posaient la question de savoir comment ce coffre avait pu se retrouver là et qui avait pu l'enterrer. Aucun des quatre hommes présents sur place, bien trop excités par leur découverte, ne s'interrogea sur ce point.

4

César Andreani choisit de garder le silence. Il regarda sa montre puis soupira. Sa jambe le faisait souffrir malgré la canne. Rester debout et piétiner avec les villageois n'arrangeait rien. Loubeyrac venait de finir son numéro. Maintenant c'était au tour du gendarme de préciser qu'en aucun cas ils n'ouvriraient cette caisse aujourd'hui, devant eux. Raison de sécurité.

Tu parles, pensa le vieil homme. Il n'y avait rien à craindre. Pas de bombes ni de saloperies chimiques, non, rien de tout cela. Andreani le savait très bien. Comme il savait très bien que ce n'était pas la première fois que cette caisse passait par Saint-Ambrose.

Andreani tourna la tête, jeta un coup d'œil à la foule. Pas de doute : il était bien le seul ici à avoir vingt ans à l'époque. Ils n'étaient plus très nombreux dans le village à pouvoir dire qu'ils avaient participé au conflit. A part Astier et lui-même, il n'y avait personne à savoir.

Rentré chez lui, Andreani ne put chasser de son esprit fatigué la caisse et les années de guerre. Assis à sa table de cuisine sur laquelle le couvert de midi n'avait pas été débarrassé, il repensa à sa jeunesse qui avait filé à trop grande vitesse ; aujourd'hui tout n'était que question de temps avant de partir pour le grand voyage, comme le disaient certains vieux, préférant cette expression à celle de « mourir », trop explicite, trop réelle. Andreani sourit en se demandant s'il aurait l'occasion d'en revoir certains, de « l'autre côté ». Une ombre passa sur son visage, il ne souhaitait pas vraiment les croiser, les gars de cette sombre époque, surtout ceux qui, comme lui, avaient eu l'occasion d'approcher le coffre en 1943. Une boule se forma au creux de son estomac. Le passé pouvait-il resurgir ainsi en un claquement de doigts ? Astier devait s'en souvenir lui aussi, mais le hasard avait bien fait les choses. Un AVC l'avait terrassé un an plus tôt et il ne pouvait presque plus parler.

Andreani se saisit de la verseuse, se servit une goutte d'un café froid qu'il allongea d'un peu de lait. Il but d'une seule gorgée, posa la tasse dans l'évier et la rinça. Une eau légèrement teintée prit la direction de la bonde pour disparaître.

Andreani se mit à pester. Cette satanée caisse réapparaissait aujourd'hui, alors qu'il l'avait tant cherchée. Elle venait le narguer maintenant. Décidément, il ne pourrait pas en profiter. A moins que… Le vieil homme eut une idée de génie. Pas sûr que ses anciens camarades de l'époque apprécient ce qu'il manigançait.

14 juin 1937

Je ne sais pas pourquoi j'écris ces lignes.

Ma tante m'a offert ce carnet il y a deux ans, en m'expliquant qu'une jeune fille de mon âge avait tout intérêt à confier au papier le fond de son cœur, que par cet acte elle effacerait bien des tourments et par là même vivrait mieux. J'avoue ne pas avoir compris sur le moment ce que voulait me dire cette femme à la vie bien dissolue, d'après ma mère. Je n'éprouve pas plus de tendresse pour ma tante que je n'en éprouve pour ses filles mais elle fait partie de la famille alors je fais avec.

Le jour où elle m'a fait ce cadeau sans raison apparente, ce n'était ni mon anniversaire ni Noël, et j'ai vu à la tête de maman que cela la contrariait. Comment une jeune fille bien élevée pourrait-elle avoir des secrets ? A cette époque je ne pouvais que lui donner raison.

A cette époque... Deux ans ont passé, je n'ai vu aucune utilité à m'épancher sur du papier. Le cahier a rejoint une pile de livres dans un coin de ma chambre. La poussière l'a recouvert et c'est seulement il y a une semaine que j'ai ressenti le besoin pressant de remettre la main dessus. J'ai dû retourner une partie de ma chambre avec la crainte que maman ne le trouve et ne le mette au rebut. Il était caché entre le mur et mon armoire. Je ne me souvenais pas de l'avoir mis là. Je suppose que le temps et les rangements successifs l'ont poussé à se cacher à l'abri des regards maternels. C'est une bonne cachette et c'est là que je le rangerai tous les soirs.

J'ai pris le temps de le toucher, de caresser sa couverture du bout des doigts. Avec un coin de mon tablier, j'ai chassé la poussière. J'ai même soufflé sur la tranche pour faire voleter deux années de prison derrière l'armoire. A bien le regarder j'aime ce carnet. J'ai enfin compris ce que ma tante a voulu me dire. Du temps et une rencontre…

Je me sens légère alors que ma plume accroche ce joli papier et y dépose ce que mon cœur me dicte. Je ne pensais pas que cela serait aussi facile et aussi difficile à la fois. J'ai tant de choses à raconter que ma main se bloque en attendant que je me calme et trouve les bons mots. J'ai la tête qui tourne et j'en connais la raison.

Il ne faut surtout pas que maman ou qui que ce soit d'autre trouve ce carnet. J'en tremble d'avance. Comme j'ai tremblé en le voyant pour la première fois sur le marché de Puyricard. Qui aurait cru que tout mon être entrerait ainsi en résonance à la seule vue de son visage, derrière cet étal de fruits et légumes ?

Nous allions à cette époque régulièrement à Puyricard. Cela permettait à ma mère d'acheter des tissus que seul un marchand de toile auvergnat vendait, et uniquement là. Cet homme ne venait qu'une fois par trimestre et il était hors de question de le rater. Comme la moitié des bonnes femmes du canton, elle frétillait en partant. Il faisait bon ce matin-là, les chaleurs étaient encore loin et le petit vent qui soufflait sur Puyricard apportait cette douce fraîcheur que j'aimais tant.

J'ai fait semblant de m'intéresser aux étoffes tout en jetant des coups d'œil répétés au primeur et à ce jeune homme. Que m'arrivait-il ? Pourquoi étais-je ainsi ? Je sentais mes joues s'empourprer. Dès que je levais les yeux et que je tentais de l'apercevoir, mon corps tressaillait, mon estomac se resserrait et mes jambes tremblaient. Pourvu que personne ne se rende compte de mon état. Si ma mère me voit ainsi que va-t-elle penser ? Serai-je à ses yeux une de ces filles perdues, comme elle les appelle ? Je crois être tombée amoureuse d'un homme que je ne connais ni d'Eve ni d'Adam. Je ne suis qu'une délurée et maman ne saura trop me dire qu'en agissant ainsi je ne deviendrai jamais une parfaite épouse comme elle imagine l'avoir été.

Quelle drôle d'impression de se sentir tourneboulée comme ça !

J'ai eu le sentiment d'être seule au monde avec ce jeune homme pour compagnon.

Est-ce donc cela être amoureux ?

Il s'appelle Elzéar.

Elzéar, que ce prénom est beau, j'ai envie de l'écrire sur toutes les pages de mon nouvel ami.

Elzéar, je crois que je t'aime.

5

La cérémonie – car cela avait tout d'une cérémonie – de mise à l'abri de la caisse avait duré deux heures. Le curé, le père Trager, était jaloux, furieux de voir ses ouailles se prosterner devant une relique qui n'avait rien de catholique. Voir la population de Saint-Ambrose quasi au complet devant ses yeux alors que son église était vide la plupart des dimanches, à part à Noël – certainement plus par mauvaise conscience que par foi –, l'énervait au plus haut point. Il se dit qu'il ne les raterait pas lors de sa prochaine homélie dominicale.

Loubeyrac et Chemin ne s'étaient pas attendus à une telle mobilisation. En effet les villageois étaient plus nombreux qu'un jour de vote. Le major calma l'assemblée en annonçant d'une voix ferme que la caisse serait sous bonne garde de la gendarmerie. Pour l'instant elle ne quitterait pas la salle voûtée de la mairie. Cette pièce était en sous-sol du bâtiment, et la porte d'entrée en serait gardée jour et nuit par deux gendarmes.

Le dispositif en place était lourd à gérer pour Dulat et son équipe. Il aurait besoin de renforts. D'ici demain même. Dulat avait un mauvais pressentiment, n'ayant qu'une confiance limitée dans les habitants de Saint-Ambrose. La nouvelle de la découverte du trésor, car pour beaucoup il s'agissait d'un trésor, avait excité les esprits.

Le major resta pendu à son téléphone une bonne demi-heure avant d'avoir raison de la volonté de son supérieur pour disposer de quatre hommes supplémentaires. Avec huit gars en tout, il pourrait organiser un semblant de garde.

Le maire comme son adjoint, major compris, n'avaient pas imaginé un seul instant l'impact qu'aurait cette caisse sur la population du village. La magie d'Internet et des téléphones portables avait repoussé les limites géographiques.

A la mairie, Loubeyrac se transforma en standardiste. La ligne fixe avec ses trois entrées, son portable perso, le fax et les deux boîtes mails explosèrent en un temps record. C'était compter sans les curieux qui pointaient le bout de leur nez, insistant pour visiter la salle du trésor et admirer la caisse. Enervé, il envoya tout balader devant un Eric Ducros ahuri et une troupe de badauds surpris de constater que leur maire pouvait piquer une crise de nerfs.

Dès lors, le village de Saint-Ambrose entra dans l'ère extraordinaire de la surmédiatisation.

Encore quelques heures, un jour, deux, trois peut-être, avant que la foule n'arrive, curieuse et avide. Ducros se fit la réflexion qu'en plein mois d'août, nombreux seraient les vacanciers à trouver superbe l'idée de faire une chasse au trésor dans les parages.

Loubeyrac, écarlate et en sueur, avachi dans son fauteuil, regarda son aréopage assailli par le téléphone. Seul le jeune photographe, en retrait, semblait calme, mais son regard trahissait une certaine inquiétude.

C'est alors qu'arriva celle que tout le monde craignait de voir débarquer : Judith De Synth, correspondante locale du journal régional. C'était une petite bonne femme, la cinquantaine, habillée d'un tailleur vert d'un autre âge qui faisait d'elle une femme stricte et peu avenante. Elle n'était pas de Saint-Ambrose mais d'un village proche. Depuis que le journal lui avait confié le poste de correspondante locale, elle régnait tel un despote sur l'information des plateaux environnants. Elle prenait sa mission pour divine avec une âme de grand reporter. Quiconque voulait que Judith De Synth parle de lui, de son activité, de sa rencontre sportive, de sa manifestation, se devait d'être dans ses petits papiers. Et elle jouait de ce droit, telle une reine qui voulait voir sa cour à ses pieds. Elle en profitait, les tenant dans le creux de sa main, remuait au-dessus d'eux les promesses d'articles et attendait qu'ils se mettent à genoux puis minaudait pour mieux les dominer. Elle aimait cette sensation et comprenait la morgue de certains quand ils détenaient le vrai pouvoir. Que cela devait être bon, bien meilleur que tout ce qu'elle avait connu, sexe compris. Elle en était persuadée.

L'arrivée de Judith De Synth paralysa le groupe. Celle que beaucoup ici appelaient la peste se posta dans l'embrasure de la porte, les mains sur les hanches. D'un rapide coup d'œil, elle jaugea son auditoire. Elle s'arrêta sur Eric Ducros. Elle fronça les sourcils puis se décida à parler.

— Vous attendiez quoi pour m'appeler ? Le dégel ? lança-t-elle d'un ton cassant.

Loubeyrac allait répondre mais elle le coupa immédiatement.

— Qui est-ce ? Ne me dites pas qu'il vient du journal. Vous savez très bien qu'ici, le journal, c'est moi et personne d'autre. Les journalistes restent dans la plaine. Suis-je bien claire, monsieur ?

Chemin la fit taire.

— Stop, ferme-la ! Ce gars s'appelle Ducros et c'est lui qui a découvert la caisse.

Eric fut surpris de constater que Chemin se souvenait de son nom alors qu'ils n'avaient pas échangé trois phrases depuis le début de la journée.

— Et de quel droit ? ajouta-t-elle.

La question ne voulait pas dire grand-chose mais la correspondante, campée sur ses ergots, ne s'en rendit pas compte.

— Du droit du hasard, tenta Eric, guère convaincu que sa réponse satisfasse l'auditoire.

Judith De Synth le fixa, le temps de chercher une réplique cinglante, mais rien ne vint.

— Vous voulez bien nous laisser, maintenant.

Le maire se leva et la raccompagna à la porte de son bureau. Dehors, la journaliste explosa de colère, hurlant que les droits de la presse étaient bafoués une fois de plus, que Loubeyrac pourrait toujours aller se faire voir pour que le journal parle de ses prochaines fêtes votives. Le maire leva les yeux au ciel et fit un geste de la main signifiant le peu d'importance qu'il accordait aux menaces à peine voilées de la correspondante.

— Bon, fit le major en constatant que la batterie de son portable ne tarderait pas à rendre l'âme, je crois que nous allons vers des jours difficiles et mouvementés. Vous ne croyez pas ?

6

Victor Kobolsian rentra chez lui vers minuit.

L'homme était brisé après tant d'heures passées au chevet de Léa. Il se souvenait d'avoir quitté le parking de l'hôpital mais le reste de la route était flou, irréel. Il avait croisé toutes sortes d'oiseaux de nuit préparant leur soirée, des visages blafards, fatigués par tant d'excès. D'habitude il voyait ces noctambules avec ses yeux de flic, en alerte permanente, mais ce soir, dans sa bulle de souffrance, le monde extérieur n'était qu'un spectre sombre. La radio s'était déréglée : aucune fréquence audible. Un grésillement accompagné d'une voix lointaine, entrecoupé de notes de musique, emplissait l'habitacle sans pour autant déranger le conducteur qui, ailleurs, n'entendait plus rien.

Devant sa porte d'entrée, il fouilla au fond de ses poches de jean, ne trouvant pas ses clés. Droite ou gauche ? Il ne savait plus. Dans le hall il n'alluma pas et demeura dans le noir. Assis dans son canapé sans avoir quitté sa veste ni posé son arme comme il le faisait chaque soir par habitude, il resta à fixer le point rouge lumineux de son écran plat. Il ne chercha pas à l'allumer comme souvent quand il rentrait tard. Lorsque Léa dormait, il passait par ce sas de décompression qu'était pour lui la télévision avant d'aller la rejoindre. Il prenait alors sa télécommande et se baladait sur les canaux de la TNT, s'arrêtant rarement plus de dix minutes sur un programme, fuyant comme la peste les chaînes d'info. Il savait son épouse au-dessus, l'imaginait dormir. Après une heure avachi dans le canapé, il montait, se déshabillait sans bruit, se glissait dans les draps en faisant attention à ne pas la réveiller et se lovait contre elle. Parfois, elle réagissait, se pressant contre lui, signe qu'elle acceptait ses caresses. Ils faisaient l'amour, presque sans bouger, blottis l'un contre l'autre. Etreinte forte qui pour Victor effaçait les horreurs d'une journée banale d'un flic.

Mais ce soir, la chambre restait vide. Léa était loin, si loin. Lui, les yeux grands ouverts dans le noir, sondait l'obscurité, cherchant un moyen pour saisir la main de sa femme et la ramener sur le rivage de leur vie.

Victor s'endormit, assis sur son sofa. La lumière du petit matin le tira d'un sommeil sans rêve. Il lui semblait juste avoir entendu Léa lui parler mais, éveillé, il comprit où il était et où Léa se trouvait. Des larmes coulèrent le long de ses joues. Désespéré, il aurait voulu lui dire de ne pas mourir, de ne pas l'abandonner, de rester près de lui.

Son portable sonna. Victor se précipita, la peur au ventre. L'hôpital ? Sur l'écran, le nom de son collègue Tromel apparut.

— Comment vas-tu ? demanda l'homme d'une voix qui se voulait réconfortante.

— Devine, fit Kobolsian sans chercher à être agressif.

— Désolé, ma question est très bête.

— ...

— Je voulais te tenir au courant pour l'accident de Léa.

Kobolsian sentit ses muscles se tendre. Il revoyait le visage de cet homme dans la salle d'interrogatoire.

— Je croyais qu'Abrest t'avait interdit de me parler, répondit Kobolsian après s'être remémoré la conversation qu'il avait eue avec le commissaire la veille.

— Abrest est un patron qui veut te protéger d'une bavure. Sur ce point je le comprends. Cela me ferait de la peine si pour une connerie il te mutait au fin fond du Cantal. Te tenir au courant en dehors des horaires du bureau n'est pas spécialement une entorse au règlement. Le patron sait très bien que des informations transpireront. Je crois que j'apprécierais que tu agisses de même pour moi.

Kobolsian sourit tristement en se disant qu'il ne connaissait pas vraiment l'épouse de Tromel.

— Et alors, que sais-tu de plus ?

— L'homme s'appelle Jean Marcos, quatre-vingt-deux ans. Il est atteint de la maladie d'Alzheimer. Il était placé en institut spécialisé avec interdiction de sortir. Il n'a plus le permis depuis cinq ans et n'a pas de voiture non plus. Celle avec laquelle il a renversé ton épouse et fini dans le fossé appartient à une aide-soignante.

— Pardon ?

C'est tout ce que put dire Kobolsian.

— Oui. Jean Marcos n'aurait jamais dû être là au volant de cette voiture. Dans l'absolu, il n'aurait pas dû quitter sa chambre ni l'hôpital. Mais d'après le directeur, son établissement n'est pas une prison. Marcos n'a jamais montré auparavant des velléités de s'échapper. Par rapport à d'autres patients il ne mettait pas sa vie en danger. Donc surveillance légère. J'ai eu droit au grand et beau discours que l'argent manquait et que le personnel n'était pas assez nombreux. Enfin bref, le laïus classique pour essayer de se dédouaner et rejeter la faute dans le camp de nos gouvernants.

Kobolsian soupira longuement.

— Et la voiture ?

— Marcos, ce jour-là, était perturbé, d'après l'infirmière-chef, une pimbêche de première, qui doit avoir la trouille de perdre son poste, crois-moi ! Le vieil homme n'arrêtait pas de faire des allers et retours dans le couloir, parlant de sa femme. Comme quoi il devait la rejoindre au plus vite et que sans lui elle serait perdue. Il voulait partir pour Brive.

— Brive ? Et sa femme, on l'a prévenue ?

— Difficile, elle est morte il y a sept ans.

7

Quelques coqs chantèrent au petit matin, réveillant Saint-Ambrose d'une drôle de nuit.

A la mairie, Dulat avait organisé les tours de garde et accepté les victuailles et le café offerts par des villageois. Ses hommes avaient de quoi tenir un siège. Une chaîne de solidarité s'était formée. Chacun venait déposer à boire et à manger sur une large table installée à cet effet au sous-sol près des gendarmes en faction. Il y eut bientôt tant d'affluence que le major dut intervenir pour que le village évite de demeurer trop longtemps devant cette salle des coffres improvisée. L'attrait de ce trésor, proche et insaisissable à la fois, était si fort que le major imaginait les habitants saisissant n'importe quel prétexte pour tenter d'apercevoir la caisse.

Saint-Ambrose se voyait transformé par un objet guère plus grand qu'une grosse valise. Chaque villageois en ce nouveau matin prit son téléphone ou bien s'assit devant son écran d'ordinateur. L'heure était maintenant à la circulation de l'information par tous les moyens. La veille, les habitants s'étaient retrouvés chez les uns et les autres pour analyser la situation, la commenter et tenter à travers les gens qu'ils connaissaient de refaire le parcours de cette caisse depuis plus de soixante ans. La plupart déploraient leur ignorance totale quant à son histoire. Mais il fallait que le monde sache. Ce fut le cas.

Vers 10 heures du matin, on ne comptait plus les mails ni les fax et encore moins les appels partant du village. Le coffre devint le principal sujet de conversation à des kilomètres à la ronde. Et l'information ricocha. En ce début d'après-midi, les rédactions des journaux et des télévisions contactaient leurs correspondants locaux pour qu'ils vérifient si cette effervescence en valait vraiment la peine. Ce qu'ils firent assez rapidement, inondant à leur tour d'appels tout Saint-Ambrose. La boucle était bouclée et le grand barnum allait pouvoir s'installer dans ce petit village reculé.

En fin d'après-midi, les premiers curieux pointèrent le bout de leur nez.

C'est chez César Andreani qu'eut lieu un rappel des troupes peu ordinaire. Pour le vieil homme, la nuit fut longue et agitée. En fait il ne dormit pas. Après être rentré chez lui, il tenta de vaquer à ses occupations journalières. Il mit sur le dos d'un café mal réchauffé une envie de vomir et une douleur à l'estomac. Assis dans son fauteuil face à la télé, il resta un long moment à contempler l'écran noir. Pas assez de force ni de volonté pour presser le bouton de la télécommande. César Andreani savait très bien que ses nausées ne passeraient pas de sitôt et que le miroir au-dessus de la cheminée renvoyait une autre image que celle d'un vieillard. La caisse resurgit de sa mémoire et le passé avec. La plupart des villageois, le maire en premier, se focalisaient sur l'objet en lui-même et sur son contenu. Mais aucun ne pouvait imaginer toute l'histoire qu'elle allait réveiller. Le passé devait demeurer le passé, ragea Andreani.

Debout devant la cheminée, face à son propre reflet et celui d'une pièce sans attrait particulier, Andreani se tint là de longues minutes. Pourquoi serait-il le seul à revivre cette histoire ? Il rejoignit à petits pas son fauteuil et resta éveillé jusqu'à l'aube. Il réfléchit longuement aux personnes qu'il allait appeler dès la première heure. Par chance, il savait où les joindre. Il sourit en pensant que certains rechigneraient à remonter à Saint-Ambrose. Mais il ne leur laisserait pas le choix.

18 juillet 1937

Combien de temps devrai-je attendre avant de revoir Elzéar ? La prochaine foire n'aura lieu que dans un mois et je ne suis même pas certaine qu'il y sera, ni moi.

Le retour à la maison fut horrible. Dans le bus chacun parlait de ses achats, racontait les dernières histoires glanées ici et là. Sur mes genoux le poids des paquets était si lourd. Une fois de plus, on m'avait collée au fond de l'autocar avec les cages à poules.

« Tu ne bouges pas, m'a-t-on ordonné.

— Et pour aller où ? » ai-je eu envie de crier.

Mais aujourd'hui cela m'est égal d'être là, écrasée, comprimée de la sorte. Que c'est bon d'être amoureuse et que c'est dur à la fois ! Qui aurait cru que je puisse éprouver de tels sentiments pour un homme ?

Ai-je une chance qu'il me regarde, moi qui ne suis qu'une gamine ?

A peine arrivée, maman m'a donné plusieurs corvées, avec la pire qui soit : nourrir les cochons. Je ne supporte pas ces animaux sales et méchants. Ils me font peur.

Maman et les autres se moquent de moi et je suis presque sûre que maman le fait exprès de m'envoyer là-bas.

Je n'ai pas pu écrire à la fin de cette journée.

J'avais juste envie de me coucher et de fermer les yeux pour retrouver Elzéar.

J'ai rêvé de lui cette nuit.

Vite il faut que j'écrive. Ce carnet me fait du bien.

Par ses lignes, je peux revivre ce moment où nos regards se sont croisés. Quelques secondes, un instant si fort, il m'a souri et là j'aurais accepté de mourir pour figer ce moment dans l'éternité.

J'écris pour être encore à ses côtés, là dans ma chambre.

Le petit matin arrive, ma bougie se voit aidée par un timide rayon de soleil qui perce entre mes persiennes. En bas, j'entends ma mère qui vient de se lever.

Je dois te laisser là, mon Elzéar, entre les pages de mon carnet.

8

Loubeyrac vit le lendemain matin arriver les premiers énergumènes d'une grande caravane qui allait envahir le village. Des camping-cars pleins de curieux en vacances prêts à jouer les chercheurs de trésor. Le ballet commença à peine le soleil levé. Le maire remontait juste de la salle des coffres improvisée au sous-sol de la mairie. La première nuit de garde s'était bien passée. Les gendarmes en faction venaient d'être relevés mais profitaient d'un buffet improvisé sur une large table. Le maire avait disposé toutes sortes de pâtisseries provençales dignes des treize desserts de Noël et un grand thermos de café. Il tira d'un autre sac des gobelets en plastique, des petites cuillères et du sucre en morceaux. Il mit le tout sur la table qui ressemblait à un autel païen à la veille d'un sacrifice. Il remarqua un petit bouquet de roses rouges et jaunes derrière les victuailles. Le major, qui venait organiser la garde, sourit.

— Eh oui, au moins on pense à notre petit confort, quelques fleurs ne peuvent pas faire de mal et égayeront un peu le décor triste de votre sous-sol.

Le maire acquiesça. A ce niveau de la mairie, on archivait et on entreposait, en offrant à la poussière du papier par tonnes et autres objets relégués aux oubliettes.

Le maire haussa les épaules, rendant son sourire à un gendarme plutôt bien luné ce matin.

— Comment s'est passée la nuit ? demanda Loubeyrac en offrant à chacun des hommes un café fumant.

— Pas trop mal, répondit le major, assurant de son côté le service du sucre. J'ai eu un peu de difficulté à faire comprendre aux habitants de Saint-Ambrose que ce n'était pas parce qu'ils nous offraient à manger qu'ils auraient le droit de voir la caisse. Après cette petite mise au point, la nuit a été calme.

Loubeyrac, sur le trottoir, faillit se faire renverser par un camping-car, suivi d'un deuxième qui freina brutalement devant le bâtiment. Le conducteur baissa la vitre et d'une voix forte demanda si le lac était encore loin. Loubeyrac ne sut que répondre. Derrière lui, le major intervint, proposant au conducteur un contrôle approfondi de ses papiers s'il restait une minute de plus devant la mairie. L'homme, rouge pivoine, remonta sa vitre et décampa.

Les deux hommes constatèrent la transformation effective du village. Les camping-cars s'étaient multipliés, sans parler des voitures qui tentaient de se garer sur une place qui ne comptait que trois emplacements. Ils n'étaient pas les seuls à se rendre compte des changements que subissait Saint-Ambrose. Des villageois avaient mis le bout de leur nez hors de chez eux, intrigués par cette animation matinale. Rares étaient les occasions où l'on sortait de chez soi pour observer une quelconque agitation dans ce village d'habitude si tranquille.

Dulat fit la moue, et Loubeyrac lui rendit sa grimace.

— Si en plus il faut que je gère les extérieurs, je n'aurai jamais assez d'hommes ! s'énerva le major en récupérant son portable perdu au fond de sa poche de pantalon. Il va me falloir être encore plus persuasif.

Pierre Loubeyrac, perplexe et inquiet, laissa le gendarme régler ses problèmes d'intendance pour rejoindre son bureau à la mairie. Il avait encore deux bonnes heures avant l'ouverture de son officine. La secrétaire avait accepté de faire des heures supplémentaires et pour l'instant bataillait avec son standard.

— Il faut faire quelque chose, le téléphone va griller si ça continue comme ça !

L'homme se passa une main dans le peu de cheveux qu'il lui restait. Jamais il n'aurait imaginé que la découverte de ce coffre allait attirer autant de curieux. Il pria pour que cette effervescence retombe comme un soufflé. Le public était versatile, une information chassant l'autre, un autre événement ne tarderait pas à reléguer la caisse au fin fond des oubliettes médiatiques.

Là-dessus, il se trompait.

9

César Andreani prit le temps de choisir sa place.

Après les coups de fil passés, il avait remarqué que ses anciens amis avaient été piqués au vif par la réapparition de la caisse et qu'ils ne tarderaient pas à rappliquer. Une question d'heures, et ils seraient tous chez lui ce soir.

Le vieil homme sourit en pensant à ses petites manœuvres. Il se dit qu'il ferait bien d'aller faire un tour pour voir qui serait le premier à franchir le panneau d'entrée du village.

Andreani attrapa sa canne, rajusta son chapeau de paille, claqua la porte d'entrée, hésita un moment puis se décida à fermer à clé, lui qui ne le faisait jamais. A quoi bon ici ! Mais avec le nombre d'hurluberlus qui risquaient de débouler à Saint-Ambrose, mieux valait être prudent. La porte close, Andreani rangea au fond de sa poche son trousseau, s'appuya sur sa canne et prit la direction de la petite place. L'air était encore respirable et une brise douce l'accompagna dans sa marche. Andreani regarda avec méfiance l'arrivée des premiers touristes avec leur caravane sur le dos. Il leva les yeux au ciel. Décidément, la journée allait être riche en péripéties.

Le vieil homme croisa le maire, qui ne le vit pas. Loubeyrac n'avait pas sa mine des bons jours. A grandes enjambées il se dirigeait vers sa pharmacie, le feu aux joues. Andreani s'arrêta, l'observa puis reprit sa marche en secouant la tête. Laissant la place du village derrière lui, avec ses platanes et sa fontaine d'où coulait un maigre filet d'eau, il continua à pas ralentis. Il n'avait aucune raison de se presser. La journée serait chaude : à quoi bon transpirer plus que nécessaire ? Andreani s'étonna de cette réflexion, lui qui à une époque courait pour un rien, vivait à un autre rythme que ses congénères, même dans ce coin perdu de Provence où la chaleur pouvait vous accabler des mois durant. Il aimait la vie et voulait en profiter. Alors, quand l'âge en eut décidé autrement, Andreani souffrit, risquant plus d'une fois de se laisser emporter par l'abattement et de devenir un de ces petits vieux cloués sur un fauteuil à attendre la mort...

Attendre quoi ? râla Andreani, je ne suis pas du genre à attendre. Si la mort veut de moi, il faudra qu'elle me prenne par surprise. Faut pas compter que je reste là les bras croisés à rien faire.

Andreani s'autorisa à accélérer le pas mais, au bout de quelques mètres, son corps lui intima la prudence. Il écouta sa vieille carcasse et modéra son allure. Parvenu à l'entrée du village, il s'installa exactement à l'endroit où des années auparavant s'asseyaient les anciens. Maintenant qu'il en était un, et que Saint-Ambrose vivait un événement à part, il jugea que ce banc, sous cet olivier centenaire, était la place idéale pour observer les curieux et les autres... enfin surtout les autres.

Les mains appuyées sur sa canne plantée entre ses jambes, il avait la position et l'allure d'un patriarche attendant les siens. Sous un soleil de plomb, il s'épongeait le front et le cou ruisselants de sueur à l'aide d'un mouchoir en tissu. Puis il reprenait la pose, les yeux au loin, presque soixante ans en arrière.

Vers midi, après avoir cessé de compter les voitures de touristes, il vit arriver celles qu'il guettait. Les sœurs Trévor furent les premières à franchir la ligne. Solange, la passagère, l'aperçut. Elle accrocha son regard. Andreani remarqua qu'elle affichait toujours le même sourire bête. Jeune, elle était le boulet de sa famille, aujourd'hui elle était la plaie de sa sœur. Au moins avec elle, pensa Andreani, on ne se perdait pas en conversations inutiles. Suzie, la conductrice, un peu plus âgée que Solange, ne le vit pas. Andreani activa ses neurones. S'il ne se trompait pas, Suzie avait le même âge que lui, soit presque quatre-vingt-sept ans, et Solange entre quatre-vingt-quatre et quatre-vingt-cinq. Il les revoyait six décennies plus tôt, ainsi que les autres, des gamins de vingt ans entrés trop tôt dans le monde des adultes parce que la guerre l'avait exigé. Andreani suivit la voiture des yeux. Il savait parfaitement où elles se rendaient. Leur maison, située près de la mairie, restait close depuis des années.

Bon courage, mesdames, pour la poussière, songea Andreani en chassant d'un revers de la main une feuille d'olivier venue s'échouer sur son pantalon.

Le vieil homme jeta un coup d'œil à sa montre. Treize heures sonnaient mais il ne ressentait pas la faim. Il se leva, étira ses jambes, grimaça. Les douleurs étaient sournoises, jamais au même endroit. Puis il reprit sa position initiale, assis sous l'arbre.

Moins d'un quart d'heure après cette courte séance de gymnastique, César Andreani aperçut au loin un taxi. La voiture roulait à petite vitesse, le conducteur ne devait pas connaître les environs. Andreani eut tout le temps de distinguer le visage de la passagère à l'arrière. Il sourit. Il était persuadé qu'elle viendrait malgré son accueil froid au téléphone. Elle ne pouvait que venir : Elisabeth Siromin, celle que l'on surnommait – avant qu'elle ne quitte définitivement le village – la veuve noire, était de retour aussi...

Mais la faim et la fatigue le rattrapèrent. Le reste de la troupe ne tarderait plus, de toute façon. Il rentra chez lui sur le même rythme qu'à l'aller. Il remonta la rue principale, constata que la place était remplie d'inconnus, que la fontaine avait un labrador sale et bruyant comme hôte, et que deux gendarmes se battaient presque pour éviter que deux nouveaux camping-cars ne bloquent la circulation.

César Andreani tira de sa poche son trousseau pour retrouver la fraîcheur de sa petite maison. A l'intérieur, il se versa un verre d'eau, prit dans le frigo un plateau de fromage, y ajouta un bon morceau de pain et quelques fruits secs.

Ce repas léger avalé, il partit s'allonger pour une courte sieste.

Il ne vit pas arriver Sylvain Astier, comme il ne l'entendit pas frapper à sa porte. L'homme, d'une cinquantaine d'années, n'insista pas, il s'en voulait même d'être passé ici avant d'aller visiter son père. Pourtant ce dernier ne lui en tiendrait pas rigueur. En effet, il n'était plus que l'ombre de lui-même depuis son AVC, et n'avait pas recouvré toutes ses facultés. Les médecins émettaient des pronostics réservés quant à son rétablissement. Sylvain craignait les risques de rechute. La réapparition de cette caisse, et du passé qui resurgissait avec, mettait en péril la santé du malade. Andreani le savait parfaitement et Sylvain ne tenait pas à ce que le vieil homme déboule avec ses gros sabots. Son père avait besoin de calme. Astier regarda sa montre. Encore quelques heures et ils se retrouveraient tous, ici même, invités par César Andreani. Quel rôle voulait-il donc jouer dans cette histoire ? Astier ne le connaissait pas vraiment. Son père évitait de parler de lui comme il évitait de parler de sa jeunesse. Sylvain ne lui en voulait pas, lui-même était avare de confidences. Chacun menait sa barque et de temps en temps la laissait s'apponter sur les rives de l'autre. Quand Andreani l'avait contacté la veille, il avait eu du mal à remettre le personnage dans son contexte. C'est la phrase « J'ai fait la guerre avec ton père » qui fit tilt. Au fil des mots, le portrait de l'homme se redessinait. Il le voyait dans Saint-Ambrose avec son physique particulier et ses coups de gueule réguliers. Sylvain Astier ne cacha pas sa surprise. Il ne souvenait pas que son père ait fait la guerre.

« Nous avons été actifs à une certaine époque, si tu vois que je veux dire. » Non, Sylvain ne voyait pas ce que le vieux grincheux voulait dire. Jamais son père ne lui avait parlé d'une quelconque appartenance à la Résistance. Andreani embraya, ne laissant pas le temps à Sylvain de s'interroger davantage. Il lui raconta l'étonnante réapparition de la caisse. Il déroula un peu plus loin l'histoire mais s'arrêta brusquement en prétextant qu'il serait plus simple d'en discuter de visu. Il lui proposa de monter à Saint-Ambrose et de se joindre à eux le lendemain soir pour le dîner. « Question de clarifier le passé. Ton père n'est plus vraiment en état, tu lui raconteras. »

Sylvain passa la matinée à essayer de dénouer cet écheveau. Il écouta les infos. Il ne lui fallut pas longtemps pour dénicher l'information. Il prit son téléphone et appela son père. Une femme décrocha.

« Bonjour, Sylvain.

— Bonjour, Marie, comment va papa aujourd'hui ? »

Marie Firmont était l'auxiliaire de vie de Raymond Astier. Depuis son accident vasculaire cérébral l'hiver dernier, celui-ci n'était plus capable de rester seul chez lui. Sylvain avait bien essayé de le persuader d'aller dans un établissement spécialisé mais l'homme avait refusé net d'un regard et des rares mots qu'il pouvait encore prononcer. Son fils accepta et par chance dégota Marie. Bien que provisoire, la solution soulagea son père et sa propre conscience.

« Votre père est un peu perturbé. On vient de découvrir une caisse qui soi-disant date de la Seconde Guerre mondiale. Cette histoire l'a rendu nerveux, comme s'il revivait cette époque.

— Dites-lui que j'arrive aujourd'hui. »

Andreani passa deux autres coups de fil, invitant deux dernières personnes à sa petite sauterie du soir. Celles-là n'avaient pas vécu les événements de 43 mais il avait besoin d'elles.

10

Les sœurs Trévor avaient quitté Saint-Ambrose dans les années 60. Suzie, l'aînée, accepta un poste dans une école privée, en tant que secrétaire et responsable des dortoirs des filles. Ce travail eut pour la jeune femme deux énormes avantages : le premier, de quitter définitivement le village, le second, de toucher un salaire décent pour vivre enfin et entretenir sa sœur Solange, incapable de faire quoi que ce soit de ses dix doigts. Sa pauvre et triste sœur, comme disait sa mère, alors qu'elle-même pensait « ma pauvre et débile de sœur ». Sur le lit de mort de sa mère, Suzie promit de s'occuper de sa cadette et de ne jamais l'abandonner dans un asile. Elle tint parole non sans regrets. Solange, qui ne parlait plus depuis des lustres, n'était pas de compagnie très agréable. De plus, elle était bien plus belle qu'elle, ce que Suzie supportait mal. Lorsqu'elles se promenaient en ville, les hommes ne regardaient que Solange. Combien de fois avaient-elles été abordées uniquement pour les yeux clairs et le joli minois de sa sœur ? Mais ces goujats déchantaient vite quand Suzie expliquait que

Solange était bête à manger du foin. Parfois cependant Suzie réussissait à convaincre certains hommes de partager son lit voire un peu plus. Joseph Sitruc compta parmi ceux-là. Il croisa le regard de Solange, espéra et ne se résigna pas quand il sut. Il décida de séduire Suzie et n'eut aucun mal. Cela lui permit de rester proche de Solange. Ils vécurent ainsi pendant trente ans. Par un matin d'avril, alors que les deux femmes étaient sorties faire des courses, Joseph mourut dans son fauteuil en lisant son journal. Il avait soixante-cinq ans. Suzie s'effondra quand elle le découvrit. Solange réagit à peine, releva sa sœur et lui tendit un téléphone afin d'appeler les secours.

Les années passèrent, les sœurs vieillirent ensemble contraintes et forcées dans un petit appartement du quartier des Platanes sur les hauteurs d'Aix-en-Provence. Suzie avait la rancœur tenace et à chaque dispute elle ne manquait pas de jeter au visage de sa sœur que sa vie avait été gâchée par sa faute. Sans elle, elle aurait fait quelque chose de son existence, elle aurait voyagé, bref elle aurait vécu. Solange se taisait, les bras le long du corps, un léger sourire sur son beau visage triste.

Ainsi allait la vie des sœurs Trévor.

Le coup de fil d'Andreani perturba Suzie et davantage encore Solange. Suzie fut même surprise de la voir réagir ainsi, elle qui d'habitude laissait couler sur elle le monde et ses tracas. Ce jour-là, Solange fut troublée et pour la première fois ne sut pas le masquer.

Suzie marmonna tout le long du trajet qui les mena à Saint-Ambrose. Solange réduisit à néant un mouchoir en tissu et dentelle. Sa sœur, bien trop préoccupée, ne se rendit compte de rien comme elle ne vit pas Andreani assis sous son arbre à l'entrée du village. Solange, si, et elle ne put que sourire à cet homme qui représentait pour elle le pire des cauchemars.

Solange redoutait plus que tout de revenir dans ce village et dans cette maison. Depuis la mort de leur mère, elles avaient dû venir à Saint-Ambrose une dizaine de fois et n'y étaient jamais restées plus de deux ou trois jours. Solange s'y sentait mal. Tant de souvenirs amassés comme autant de poussière sur les meubles et les bibelots. Dès qu'elles pénétraient dans la maison de leur mère – car cette maison ne serait jamais la leur –, Solange fermait les yeux et priait pour être ailleurs.

La maison sentait la poussière épaisse et le renfermé. Malgré la chaleur du mois d'août, l'humidité avait établi ses quartiers d'été et semblait difficile à déloger. Suzie se précipita vers les fenêtres, ouvrit en grand les volets. L'air entra, passa de pièce en pièce, soulevant les rideaux et tournant autour de Solange. Celle-ci ferma à nouveau les yeux et, comme pour se rassurer, caressa son sac à main en cuir noir, hors d'âge, dans lequel, et cette pensée l'apaisa, se trouvait bien pliée une grande enveloppe kraft.

11

Lorsqu'elle reconnut la voix d'Andreani, Elisabeth Siromin faillit raccrocher. Non, pas lui ! pensa-t-elle en serrant fort le combiné contre sa joue. Elle dut s'asseoir, ses vieilles jambes ne la portant plus.

Cela faisait des années qu'elle n'avait pas entendu cette satanée voix, nasillarde et tranchante à la fois. Elle avait oublié jusqu'à l'existence de cet homme. Son cerveau l'avait banni de sa mémoire pour n'en faire qu'une ombre. Mais depuis qu'il avait donné signe de vie, l'esprit d'Elisabeth n'était plus que douleur. Elle bredouilla un « Pourquoi ? » qu'Andreani écarta d'un grognement.

Assise devant son téléphone, dans sa maison de Saint-Rémy, Elisabeth apprit la découverte. Elle revoyait l'objet, avec ce bois blanc, ces chaînes lourdes et bruyantes, et cette croix gammée, symbole de mort. Ils avaient été maudits ce jour-là. Le prix à payer avait été colossal et aujourd'hui Elisabeth craignait que cet anathème ne sévisse encore, n'ôte des vies comme celle de...

Elisabeth n'écoutait plus, la voix du vieil homme devenue plus agressive l'arracha à cette nuit de 1943.

« Tu n'as pas le choix, tu montes au village, les autres arriveront dans la journée. Et ce soir tu manges avec nous. J'ai deux ou trois points à éclaircir. Au fait, à l'époque, tu n'as pas mis si longtemps que ça à oublier ton homme pour refaire ta vie. »

Elle raccrocha. Le rire d'Andreani résonna longtemps avant de disparaître non sans avoir ravagé son âme et son cœur. Les larmes coulaient le long de ses rides, inondant son visage fatigué.

Les paroles que venait de cracher Andreani étaient en partie vraies. Mais qui aurait pu lui en vouloir ? Après la mort de celui qu'elle aimait, elle avait cru ne jamais pouvoir s'en remettre. Elle avait hurlé face à l'obscurité, crié vengeance, mais n'avait pu qu'abdiquer face à la douleur. Moins d'un mois après le drame, elle avait quitté le village. Son oncle, un original vivant à Avignon, l'hébergea. Sans enfants, il accepta avec plaisir de récupérer « une grande fille comme elle », son expression favorite.

Ses parents ne furent pas spécialement heureux de la savoir avec cet homme mais rassurés toutefois qu'elle ait quitté Saint-Ambrose alors que la guerre s'éternisait. Les soldats allemands ratissaient toujours plus profond les campagnes pour éradiquer la Résistance et tous ceux qui espéraient un jour prochain voir tomber le Führer.

A la fin de la guerre, le père d'Elisabeth mourut d'une mauvaise fièvre et sa mère décéda deux mois après. Le chagrin avait fait d'elle une ombre, une pauvre âme qui n'avait été retenue à la vie que par un bref miracle. Devenue orpheline, elle faillit sombrer à nouveau. Sa vie ne se résumait qu'à une litanie de décès, un gouffre noir sans fond. Etait-elle condamnée à suivre les convois funéraires et à ne vivre que dans la peine et la douleur ?

Son oncle prit les choses en main. Non pas parce qu'il était un des derniers membres de sa famille, en tout cas le seul à porter de l'intérêt à Elisabeth, mais parce qu'il l'aimait, tout simplement. Il lui fallut du temps pour arracher à sa nièce un semblant de sourire. Il lutta également, mais en vain, pour qu'elle quitte ses vêtements noirs. Le deuil ne lui allait pas. Pas à une femme si jeune avec l'avenir devant elle et non dans la tombe comme elle le laissait trop souvent croire.

Le temps ne fut pas son allié mais une bonne surprise arriva un jour de printemps froid. Elisabeth présenta à son oncle Marcel, un homme entre deux âges, perdu dans un costume trop grand. Ils se marièrent avec sa bénédiction et une confortable dot complétée par le petit héritage de ses parents. Elle se maria en blanc et mit ses habits de deuil au placard. Le couple s'installa à Saint-Rémy.

Marcel était mort trois ans plus tôt, la vieillesse avait eu raison de lui. Elisabeth s'était de nouveau vêtue de noir.

Saint-Ambrose, perdu dans les vallées de la Sainte-Victoire, restait pour elle un de ses pires souvenirs. Des années et des années, l'amour de son oncle et celui de son mari lui furent nécessaires pour qu'elle oublie ce village et ce qu'il représentait.

Pourquoi revenir ? lui dit une petite voix. Pourquoi écouter ce vieux bonhomme ? Pourquoi souffrir ?

Les questions se bousculaient dans sa tête sans qu'elle ait la force d'y trouver des réponses. A quoi bon ? A l'époque ils s'en étaient tous posé et à quoi cela avait-il servi ? A briser sa vie et faire d'elle une âme errante.

La chambre de l'unique hôtel du village était vieillotte, avec un lit aux montants métalliques tordus et un matelas enfoncé, deux tables de chevet branlantes, des suspensions au plafond et une ampoule cassée, des reproductions de tableaux sur des murs jaunis, le tout dans une quinzaine de mètres carrés sentant le renfermé. Elisabeth s'assit, le sommier grinça sinistrement. A ses pieds, sa valise, devant elle son châle noir posé délicatement sur le dossier d'une chaise mal rempaillée. Elle se leva en grimaçant, son vieux corps lui rappela mille douleurs prochaines. A la fenêtre, Elisabeth laissa courir son regard sur la place du village. Les gens semblaient fous. Un labrador sauta de la fontaine pour aller s'ébrouer au pied d'un gendarme qui s'énerva contre son propriétaire. L'église sonna 16 heures. La femme soupira, s'enveloppa dans son châle et décida de s'allonger. S'oublier dans le sommeil, partir ailleurs avant de retrouver les autres chez Andreani. Elisabeth ferma les yeux et pria pour que le passé la laisse tranquille le temps d'une sieste.

12

Andreani profita d'un court repos. La chaleur et l'excitation eurent raison de son sommeil. Ce n'était pas grave : il avait de quoi s'occuper avant l'arrivée de ses amis.

Il s'arrêta sur ce mot « amis ». Pouvait-il vraiment parler d'amis ? Il ne les avait pas vus depuis plus de soixante ans et sans cette fichue caisse, aucun d'eux n'aurait manifesté l'envie de le revoir, lui non plus de toute façon. A l'époque ils étaient des gamins avec chacun ses idéaux, ses rêves de jeunesse. Le coffre de la SS qui refaisait surface risquait de tout emporter sur son passage. Bien sûr, Andreani aurait pu décider de se taire, de fermer sa porte et de laisser à d'autres le soin de régler l'affaire. Cette relique serait partie sans explications dans les caves d'un musée après avoir fait la une des magazines. Il tenait pourtant à apporter plusieurs précisions à ses anciens camarades. Une mise au point ne ferait pas de mal. Epousseter quelques zones d'ombre et accepter d'endosser le mauvais rôle, lui et certains de la bande.

Andreani marcha lentement vers le cellier. Il alluma le plafonnier d'un geste mécanique. L'ampoule clignota puis accepta l'ordre. Le vieil homme se dirigea vers l'armoire où il rangeait ses bouteilles, enfin celles qu'il souhaitait consommer en premier. Il en prit deux, du rouge qui ne laisserait aucune trace dans l'histoire de l'œnologie. Ils ne méritaient pas mieux. L'étiquette pompeuse trompait allègrement son monde et faisait son effet.

Revenu dans la cuisine, Andreani fouilla ses placards pour en tirer des boîtes de biscuits apéritifs. Elles étaient pour la plupart ouvertes. Incapable de se souvenir depuis quand, il renifla les crackers au fromage, ne releva pas d'odeur suspecte. Il répartit le tout dans des ramequins dépareillés qu'il apporta sur un plateau dans la salle à manger. Il sortit le nombre de verres nécessaire et les posa sur la table autour du plateau. Deux bouteilles trônaient derrière, un ouvre-bouteille à leurs côtés. Andreani fit un pas en arrière, contempla sa table et hocha la tête, satisfait. L'horloge murale marquait 17 heures.

Andreani sourit : encore deux heures avant de mettre quelques points sur des i.

13

La nuit n'avait pas apporté la fraîcheur escomptée. Au petit matin, on savait déjà que la journée serait chaude. Une vraie fournaise.

Vers 6 heures, madame Piesgasse, transpirante après un sommeil agité, se traîna jusqu'à la douche, qui la réveilla tout doucement. Une fois habillée, elle s'attabla devant un bol de Ricoré – elle digérait mal le café –, alluma le poste de radio et laissa les journalistes de la matinale d'Europe 1 la tirer complètement des limbes. La cloche de l'église marqua d'un coup bref 7 h 30. L'heure pour elle d'attaquer sa journée d'aide ménagère. Et comme chaque jour de la semaine, elle commençait par ce vieux grincheux d'Andreani. Elle soupira en claquant la porte de sa maison située à l'extrémité sud de Saint-Ambrose. Chaque matin, elle remontait la rue principale, traversait le village pour arriver à destination, avec, toujours, quelques minutes de retard, ce qui avait le don de mettre en rage Andreani. Si on avait demandé à cette brave femme si elle le faisait exprès, elle n'aurait pas forcément répondu par la négative.

Andreani était difficile à gérer mais les offres d'emploi étaient rares ici, et la perspective de travailler à Aix-en-Provence ou dans sa banlieue ne souriait guère à madame Piesgasse.

Elle acceptait donc l'humeur acariâtre de l'homme et faisait contre mauvaise fortune bon cœur.

Elle ne croisa personne à cette heure matinale. Comme les autres villageois, elle avait vécu l'étrange procession puis, après ces discours décousus, était retournée à ses occupations. Cette caisse, c'était de l'histoire ancienne. Le passé devait rester le passé. Elle avait tout de même été surprise par l'invasion que Saint-Ambrose subissait. Une voisine était allée faire un tour au bord du lac, qui ne ressemblait plus au coin paisible que les villageois connaissaient. Des dizaines de touristes en fouillaient les abords, certains, de l'eau jusqu'aux cuisses, sondaient le fond vaseux à l'aide de bâtons. Qu'espéraient-ils trouver ? se demandait madame Piesgasse. Une autre caisse ? L'aide ménagère ne comprenait pas cette agitation. Elle avait assez de travail avec ses ménages pour en plus perdre son temps avec ces illuminés.

Devant la maison d'Andreani, elle marqua un temps d'arrêt lorsqu'elle vit la porte d'entrée entrouverte. Le vieux était pétri d'habitudes : l'une d'elles était de fermer systématiquement sa porte. Il ne supportait pas les courants d'air. C'était la cause de nombreuses disputes les jours où elle décidait d'aérer en grand pour régénérer l'air lourd de la maison. Andreani se jetait sur les fenêtres en hurlant que si elle voulait le tuer elle n'avait qu'à continuer ainsi. Elle lui répondait fermement, les mains sur les hanches, que même les tanières des ours sentaient meilleur. Bref, ce genre d'accrochage faisait partie de leur train-train quotidien.

A l'intérieur, madame Piesgasse referma la porte, enleva ses chaussures pour mettre sa paire de pantoufles. Un rituel qu'elle répétait dans chacune des maisons où elle faisait le ménage.

— Monsieur Andreani ? Vous avez laissé votre porte ouverte, fit-elle d'une voix forte en arrivant dans la cuisine, et par les temps qui...

Madame Piesgasse n'acheva pas sa phrase. Devant elle, affalé sur la table, Andreani. Son visage dans une assiette sale, les bras le long du corps, un couteau de cuisine planté au beau milieu du dos et à ses pieds une mare de sang.

Elle hurla comme jamais elle n'avait hurlé, ce qui eut pour résultat d'alerter les plus proches voisins.

Un gamin partit en trombe à la mairie, courant aussi vite qu'il put. Les gendarmes durent le calmer pour tenter de comprendre ce qu'il voulait leur dire. Son souffle repris, il réussit à articuler deux mots : « Andreani » et « assassiné ».

Le major Dulat, en patrouille autour du lac, fut prévenu par radio. Il ordonna à deux de ses hommes de rester en faction et à un autre de le retrouver sur place.

Sur les lieux du crime, une vingtaine de personnes attendaient. Dulat se gara en face et fut rejoint par le voisin qui avait envoyé le garçon à la mairie. L'homme, pâle, expliqua d'une voix émue qu'il avait refermé la porte et emmené madame Piesgasse chez lui. La pauvre femme était au bord de la crise de nerfs. Dulat le remercia et lui intima l'ordre de veiller sur l'aide ménagère. Il viendrait les voir après.

« Après »... ce mot l'angoissa. Faire un constat de décès était une partie inhérente de son travail mais il ne l'aimait pas et encore moins lorsqu'il s'agissait de mort violente. Mais il n'avait pas le choix.

A l'intérieur de la maison, le silence lourd entrecoupé par le tic-tac d'une horloge, le temps et son décompte infernal. Dehors un coq chanta, décalé. Les deux gendarmes entrèrent à petits pas dans la cuisine. La lame du couteau brillait, plongée à moitié dans le corps du vieil homme.

— On appelle le légiste et on ne touche à rien, ordonna le major en prenant son portable.

Pendant que son chef téléphonait, l'autre gendarme contourna le cadavre. Il s'approcha puis se baissa, intrigué par ce qu'il venait de découvrir.

— Major, vous pouvez venir ?

Dulat rejoignit son collègue, qui du bout de l'index lui montrait la main droite du mort. Le major s'accroupit, saisit un stylo-bille dans sa poche de chemise. De la pointe il tira de la main un bout de papier.

— Donnez votre stylo.

Le gendarme s'exécuta, tendit un stylo rongé. Le major s'en saisit et avec l'aide du capuchon déplia le papier. Il fut plus que surpris après l'avoir lu.

28 septembre 1937

Mon cœur bat si vite, si fort. Je suis rentrée en courant pour pouvoir écrire ces lignes. J'ai besoin de me confier à toi, mon journal.

Comme chaque dimanche, nous sommes allées à la messe. Jamais il n'a plu autant. Nos petits parapluies ne nous ont pas beaucoup protégées. Nous n'étions pas les seules à arriver dans cet état-là. Un ballet mal chorégraphié de pépins sur le parvis se déroulait sous le regard inquiet du prêtre et de deux de ses enfants de chœur. Tout le monde voulait se mettre à l'abri. Ce fut une belle pagaille.

Alors que j'allais rejoindre ma place, je l'ai vu de l'autre côté de l'allée centrale. Il se tenait droit comme un i, malgré ses vêtements mouillés. J'ai cru défaillir. Ma mère m'a demandé ce que j'avais. Je n'ai pas répondu, occupée à jeter en permanence un regard en arrière vers celui qui hante mes journées et mes nuits.

Dieu qu'il est beau. Je sais que prononcer ces mots dans une église est un blasphème mais je n'y peux rien.

A la fin de la messe, je l'ai perdu de vue. Dehors la pluie a redoublé et nous sommes partis en trombe. J'ai couru, triste et heureuse à la fois. Triste de ne pas avoir pu le revoir et heureuse de savoir qu'il est parmi nous en ce moment à Saint-Ambrose. Je ne peux pas croire qu'il soit venu à la messe sans raison. A moins qu'il ne soit là pour visiter un parent. Il faut que je mène l'enquête. J'en tremble. Dire qu'au hasard de nos petites rues je pourrai croiser celui que j'aime et qui, j'en suis sûre, m'aimera un jour.

14

Victor Kobolsian resta un long moment les yeux fermés. Assis dans un fauteuil près du lit de son épouse, il lui tenait la main. Léa ne réagissait pas à ce stimulus ni à sa voix. En vingt-quatre heures, elle semblait s'être affaiblie un peu plus, désincarnée presque. Et Victor ne voulut pas rouvrir les yeux tout de suite. Pour voir quoi ? La chambre à peine éclairée par un néon, le monitoring où la vie de Léa filait par à-coups, à rythme lent, une plante verte sur une table à roulettes, un poste de télévision accroché dans le coin en haut à gauche du mur près du plafond, une table de nuit en formica et pour la touche artistique un cadre dans lequel une reproduction de Van Gogh jaunissait. Une fenêtre ouvrait sur un parking, quelques arbres et au loin la ville.

Léa, plus pâle encore, donnait l'impression de dormir mais son sommeil était trompeur. Victor le savait bien. La limite entre le coma et la mort était si infime, imperceptible. En ouvrant les yeux, Victor contempla son épouse, la trouva belle même si un voile gris lui recouvrait le visage. Victor se pencha vers son oreille et lui parla doucement.

— Ma chérie, je suis là.

Il se redressa, sourit avec tristesse. De sa main, il frôla la joue de Léa. Il n'aurait jamais cru vivre un jour ce genre de tragédie. La mort, le drame et la misère humaine étaient son lot quotidien. Il travaillait avec, mais cette fois c'était une partie de lui-même qui était là, allongée, proche du gouffre. Lui qui avait toujours craint de faire endurer cela à sa femme : le risque pour un flic de prendre un mauvais coup, une balle, un coup de couteau était grand, même si Kobolsian ne s'était jamais conduit en kamikaze.

Victor ne décolérait pas. Léa se trouvait dans cet état à cause d'un homme et d'un système qui ne savaient en aucun cas tirer des leçons d'erreurs commises mille fois par le passé. Et c'était à lui de rester calme, d'accepter comme tant d'autres la bêtise humaine.

Victor chercha machinalement au fond de sa poche son paquet de cigarettes. Il avait envie de fumer, une envie qu'il ne souhaitait pas refréner. Il regarda longuement la cigarette, un peu honteux de la sortir dans cette chambre d'hôpital. Si insignifiante au bout de ses doigts et pourtant elle lui rappelait sa première rencontre avec Léa.

Il pleuvait ce jour-là, ce qui était assez rare ici pour être noté. Kobolsian n'était alors qu'un simple lieutenant affecté exceptionnellement en renfort à la sécurité d'un musée lors de la visite du président de la

République. Bref, une longue journée à ne rien faire si ce n'est attendre qu'un bonhomme pressé serre trois mains, fasse un discours puis reparte. Le premier des Français passa aussi vite que Kobolsian l'avait imaginé. Une fois l'agitation loin derrière eux et avant de retourner à la brigade des mineurs, le policier décida qu'il avait bien le droit de s'en griller une. Il prit l'escalier de service, poussa des portes antifeu, croisa plusieurs membres du personnel endimanchés pour l'occasion, ils se saluèrent d'un mouvement de tête. Un dernier couloir le conduisit sur une terrasse qu'occupaient un palmier et un olivier. La pluie venait de cesser. Un soleil timide tentait de filtrer à travers une épaisse couche nuageuse. Le vent l'aiderait d'ici une demi-heure. Accoudé à la rambarde, Kobolsian s'accorda le temps de parcourir la ville du regard. La vue était magnifique. Il sortit un paquet déformé du fond de la poche avant de son jean. Il chercha un moment son briquet qu'il retrouva dans la poche intérieure de sa veste en cuir. Il savoura sa première longue bouffée, la meilleure, en fermant les yeux. Une voix féminine le tira de sa rêverie.

« Vous n'auriez pas du feu, s'il vous plaît ? »

Kobolsian vit alors Léa tout sourire, sa clope en l'air.

Première rencontre, hasardeuse, où on ne sait pas trop quoi se dire hormis les banalités d'usage autour de la visite du président et de la météo changeante. Mais l'un et l'autre savaient qu'il venait de se passer quelque chose. Pour lui un frisson qui n'en finissait pas de courir le long de sa colonne vertébrale, pour elle une étrange chaleur qui empourprait ses joues.

Les deux bafouillèrent puis rirent avant de revenir à un silence gêné en terminant leurs cigarettes. Les mégots écrasés et jetés par-dessus la rambarde, ils essayèrent d'en savoir plus l'un sur l'autre. Elle ne fut pas choquée d'apprendre qu'il était flic. Elle lui expliqua qu'elle était une éternelle stagiaire et qu'en ce moment elle officiait au musée. Elle haussa les épaules et eut une mimique qui fit fondre le policier. Avant de partir, Kobolsian, pourtant si timide avec les femmes, lui demanda s'ils pourraient se revoir. Elle acquiesça, soulagée de voir qu'il avait fait le premier pas.

« Laissez-moi le temps de me changer et je suis à vous », lui dit la jeune femme.

Kobolsian en eut le souffle coupé, lui qui s'imaginait un rendez-vous reporté aux calendes grecques.

A partir de cet instant-là, ils ne se quittèrent plus.

Kobolsian regarda sa cigarette. Un sourire triste dérida son visage fatigué. Il tourna la tête et contempla sa femme en pleurant.

Sans s'en rendre compte, il déchiqueta la tige de tabac entre ses doigts tremblants.

Perdu dans ses pensées, il n'entendit pas son portable sonner. Une sonnerie qu'il avait volontairement baissée, quelques notes de musique à leur plus bas niveau. En vibrant, le répondeur ramena Victor à la réalité. Il ouvrit son téléphone, consulta sa messagerie puis quitta la chambre pour rappeler son correspondant.

— Commissaire, vous avez essayé de me joindre, fit Kobolsian d'une voix lasse.

— Comment va votre épouse, Victor ? demanda Abrest inquiet.

— Son état est stationnaire. On doit attendre et, croyez-moi, ce n'est pas facile.

— Je n'en doute pas.

Il y eut un silence pesant que brisa Kobolsian.

— Que se passe-t-il, commissaire ?

Victor était persuadé qu'à l'autre bout de la ligne son chef souriait. L'homme connaissait ses gars mais la réciproque était vraie.

— Saint-Ambrose, cela vous dit quelque chose ?

— Un village à une quinzaine de bornes d'Aix-en-Provence au-delà de Vauvenargues. J'ai dû y accompagner une fois Léa lors d'une brocante, si mes souvenirs sont bons.

— Un homme y a été assassiné hier soir.

— Quel rapport avec la brigade des mineurs ?

— Aucun. C'est exactement ce que j'ai répondu au major Dulat.

— La gendarmerie ?

— Oui.

— Et alors ?

— L'homme que le major a retrouvé assassiné chez lui avait dans la main un papier avec votre nom, votre fonction et le numéro du commissariat écrits dessus.

Kobolsian ouvrit grands les yeux.

— Pardon ? Et c'est qui ce gars ?

— Un certain César Andreani.

Kobolsian réfléchit quelques secondes.

— Vous le connaissez, capitaine ? demanda Abrest d'un ton un peu plus sec, plus professionnel.

— Non, désolé, répondit Kobolsian qui avait rejoint la salle d'attente.

— Le major Dulat n'est pas un homme facile. Il veut vous voir de toute urgence. Avant de monter là-haut, passez au bureau.

Kobolsian soupira en raccrochant. Il fouilla dans sa mémoire. Il faudrait tout de même qu'il lance une recherche sur son ordinateur. Ce César Andreani était un parfait inconnu. Un inconnu de taille, mort assassiné avec le nom d'un flic au creux de la main.

15

Loubeyrac fut prévenu le dernier de la mort d'Andreani. Pourtant il était arrivé très tôt : avant que Saint-Ambrose se réveille, avant la relève de la garde, avant sa secrétaire, et avant tous ces touristes envahissants. Plongé dans des papiers urgents – en ce moment tout était urgent –, il n'entendit pas le gamin annoncer la terrible nouvelle.

Dulat était présent sur place depuis dix minutes quand le portable du maire sonna. Un appel de plus que Loubeyrac faillit ignorer, agacé par l'acharnement d'hurluberlus qui voulaient tout savoir sur la caisse, sans compter ceux qui osaient revendiquer ce trésor, prétextant l'avoir égaré il y a longtemps... Loubeyrac raccrochait passablement énervé. Il s'attarda sur l'écran de son téléphone et reconnut le numéro du major Dulat.

— Personne ne vous a prévenu ?

Le ton du major était sec, pas spécialement aimable, à son image : un gendarme rigide avec les deux doigts sur la couture de son pantalon.

— De quoi ? ne put que répondre Loubeyrac, intimidé par la voix de Dulat.

— On vient d'assassiner Andreani.

L'information cloua Loubeyrac sur son fauteuil.

— Assassiné, vous dites ?

— Un couteau planté entre les omoplates.

Le maire n'en demanda pas davantage. Une marche rapide lui permit d'atteindre le domicile de son administré.

La mort, ou plutôt l'assassinat, d'Andreani le perturbait au plus haut point. Non qu'il appréciât le vieux bonhomme, mais c'était la première fois qu'un crime était perpétré dans sa commune. Il avait le sinistre pressentiment qu'un lien pouvait exister entre les deux événements survenus au village. Il grimaça à cette idée et accéléra le pas, espérant qu'il pourrait se désaltérer bientôt. Il se surprit à penser à un verre d'eau alors qu'un homme venait de mourir poignardé.

La moitié du village, avide de détails croustillants et sanglants sur le crime, n'avait pas attendu l'arrivée du maire pour faire le siège de la maison d'Andreani. Les discussions allaient bon train. Les pleurs de l'aide ménagère, la mine défaite du voisin ajoutaient une touche tragique aux rumeurs. D'un côté, on supposait qu'Andreani avait été égorgé, que son sang avait recouvert le carrelage jusqu'à la porte. De l'autre, on sombrait encore plus dans l'horreur, et on supposait que le vieux bonhomme avait été éventré, que ses tripes traînaient quelque part entre la cuisine et le salon. Mais pas un seul des badauds n'avait de la peine pour le défunt. Il avait tellement eu la fâcheuse habitude de pourrir la vie de son entourage... Certes, la mort d'un homme était toujours un drame, mais celle d'Andreani était vécue comme une libération.

Loubeyrac rejoignit Dulat devant la porte d'entrée. Il avait sa mine des mauvais jours. Mais comment lui en vouloir ? En quarante-huit heures, dans sa commune jusqu'alors tranquille, une caisse avait resurgi d'un passé trouble et inquiétant ; s'y ajoutaient des dizaines de curieux venus ratisser la région à la recherche d'hypothétiques vestiges de la Seconde Guerre mondiale, de préférence en or ! Et maintenant, il lui tombait un meurtre sur les bras. Le maire avança, déterminé à entrer. Le major lui barra le chemin.

— Où allez-vous ?

Loubeyrac montra d'une main peu assurée la porte entrebâillée.

— Vous êtes légiste ?

La question n'en était pas une. Le regard noir du gendarme suffit à lui faire comprendre que s'il se risquait à faire un pas de plus, il aurait des ennuis.

— Personne n'entre avant le médecin légiste. Hors de question que vous polluiez la scène de crime avec vos gros sabots. Je n'ai pas envie de retrouver vos empreintes partout. Vous aurez bien assez tôt l'occasion de voir par vous-même.

Loubeyrac sourit à cette pique même s'il savait parfaitement que le commun des mortels ne réagissait pas avec sang-froid à la vue d'une mort violente. Il espérait avoir assez de cran et ne pas s'évanouir.

— Ecoutez, continua le major d'une voix ferme mais plus agréable, Andreani a été poignardé et ce n'est pas beau à voir. Je ne tiens pas à ce que vous me fassiez un malaise. La situation est déjà assez compliquée.

Loubeyrac lui donna raison. Il n'avait pas spécialement envie de voir le corps supplicié.

Le médecin légiste se gara non loin de la maison, accompagné d'une jolie jeune femme, à l'allure étudiante. Il la présenta comme stagiaire dans son service. Dulat leur fit un rapide topo alors qu'ils revêtaient leurs tenues blanches de travail.

— Allons-y. Vous pouvez nous suivre mais vous restez en arrière.

Dulat invita Loubeyrac à entrer. Autour d'eux, la foule retenait son souffle. Partout la rumeur courait que le vieil homme avait dû être démembré, pour que deux médecins légistes soient convoqués.

Ce qui surprit en premier lieu Loubeyrac fut l'air lourd et l'odeur forte, presque agressive, dès qu'il pénétra dans le vestibule. La luminosité, si douce pourtant en cette saison, était différente aussi. Loubeyrac respirait avec difficulté. Les médecins légistes, pas vraiment troublés, s'accommodaient de cette atmosphère pesante. Le maire précéda le gendarme dans la cuisine. Pas un bruit : tout était figé, et l'horloge, au rythme de son tic-tac, semblait étirer le temps. Loubeyrac déglutit non sans mal quand il vit apparaître la silhouette d'Andreani, affalé sur la table. Il ferma les yeux un instant puis les rouvrit. Un détail le frappa : le manche du couteau qui ressemblait à un aileron planté en haut du dos du pauvre homme.

Près du cadavre, le médecin légiste s'affairait, aidé par sa jeune assistante. Il commença par faire un tour du corps, s'intéressa à l'arme du crime. Il demanda son Dictaphone, appuya sur la touche enregistrement non sans s'être épongé le visage auparavant – la chaleur des lieux devenait étouffante et leur combinaison ne leur facilitait pas la tâche.

— Saint-Ambrose, date du jour, domicile de monsieur César Andreani, constatation du décès par le docteur Mercier.

L'homme coupa son enregistreur, le posa de l'autre côté de la table puis revint vers Andreani. Il fit signe à son assistante de s'approcher. En premier lieu, il retira le couteau, qui ne lui résista pas. La jeune femme tendit un sac transparent pour y glisser l'arme. Au sol, deux gendarmes, sur les ordres du major, avaient installé une bâche plastique grise, et à côté un sac noir ferait office de premier linceul pour le corps. Une civière placée contre le mur de la cuisine servirait aux hommes à transporter le cadavre dans l'ambulance stationnée presque sur le pas de la porte afin d'éviter les regards trop indiscrets de la foule.

Après qu'il eut emballé le couteau, le médecin reprit son enregistreur et se positionna derrière le sujet de son étude. De la main droite, il écarta la chemise ensanglantée, examina chaque côté de la plaie puis, de la gauche, porta à ses lèvres le Dictaphone.

— Premières constatations : arme de type couteau de cuisine, lame acier de 20 cm environ, et manche de 15, mesures à vérifier. Deux coups au niveau de la 4e vertèbre, un premier à moins de deux centimètres de la colonne et le second en plein milieu qui a dû sectionner la moelle épinière et fut certainement mortel. Informations à confirmer après autopsie.

L'homme arrêta l'enregistrement puis s'adressa à son auditoire.

— Nous allons redresser monsieur Andreani pour voir si nous n'avons pas de blessures sur la partie avant du torse. Ce qui me paraît toutefois improbable : il n'y a aucune trace de sang sur le sol à cet endroit-là. Dulat, prenez l'épaule gauche, un de vos gars se met derrière, Sandrine, tenez l'assiette et moi je prends l'épaule droite. A mon signal on relève le corps.

« A mon signal on relève le corps », Loubeyrac n'oublierait pas cette phrase avant longtemps, ni la scène qui suivit et encore moins ce bruit de succion écœurant de l'assiette qui ne voulait pas se décoller du visage du mort. Loubeyrac éviterait de manger de la soupe pendant un certain temps…

Le médecin réexamina le corps, aidé par les deux gendarmes qui le maintenaient droit. A ses côtés, impassible, l'assistante tenait une assiette creuse sale.

L'examen s'acheva rapidement. Andreani rejoignit le sac noir qui lui était destiné. Les ambulanciers récupérèrent la civière, y glissèrent le vieil homme et dans un mouvement parfaitement coordonné le soulevèrent et l'emmenèrent.

— Nous le transférons à l'institut médico-légal de la Timone à Marseille. Je pratiquerai l'autopsie dans la soirée, je vous tiens au courant dès que possible. Je vous laisse le soin de prévenir le substitut du procureur.

Les médecins saluèrent l'assistance et partirent se déshabiller dehors. Loubeyrac, toujours dans son coin, se demanda s'il avait rêvé la scène, dont il n'oublierait rien : ni les bruits, ni les odeurs, ni les images. La mort d'Andreani était dramatique et ce qui venait de se dérouler lui conférait une dimension inquiétante voire irréelle. Dulat lui mit une main sur l'épaule.

— Venez prendre l'air, Pierre, cela vous fera le plus grand bien.

Le contact et la voix du major eurent pour effet de le ramener à la réalité. Les contours de la cuisine se redessinèrent, puis la maison qui l'entourait, la lumière et l'air frais apporté par un courant d'air. Loubeyrac sortit tel un zombie. Dehors la clarté l'agressa. Il se couvrit les yeux d'une main, suivant de près le major. Devant eux la foule commençait à se dissiper, déçue de ne pas avoir goûté davantage du spectacle. Madame Piesgasse tremblait moins et reprenait ses esprits, le voisin d'Andreani aussi.

Dulat prit son portable, composa le numéro du procureur. Il s'éloignait de quelques pas du maire, des autres gendarmes lorsque à l'autre bout de la ligne on lui passa le substitut. La discussion ne dura pas plus de cinq minutes.

— Vous avez des pistes ? demanda Loubeyrac.

Le major ricana. Encore un qui croyait que le coupable allait être découvert en un claquement de doigts. Une empreinte de pas, une mèche de cheveux, et hop le meurtrier serait confondu.

— Nous n'en avons aucune, monsieur le maire. Il ne nous reste plus qu'à attendre madame la substitut.

Loubeyrac remarqua que l'époque où le gendarme l'appelait par son prénom était révolue et n'avait duré que le temps de la visite du médecin légiste.

Dulat se garda bien de lui parler du message trouvé dans la main du mort. Cela le tracassait. Avoir un flic sur les bras ne serait pas facile à gérer. Il ne savait rien sur ce capitaine Kobolsian.

— Vous pensez à un crime de rôdeur ?

Le maire insistait. Décidément, quels lieux communs ! Après les fameuses « pistes », voilà que l'inévitable « rôdeur » faisait son apparition. L'idée de prendre pour assassin un étranger rassure les braves gens. Pourtant, dans la plupart des cas, le meurtrier est un proche du défunt. En effet, les tribunaux regorgent d'amis, frères, cousins, coupables des pires atrocités.

— Nous n'avons constaté aucune effraction et à première vue rien n'a disparu. Le vol n'est pas le mobile. Je ne pense pas qu'il y ait eu grand-chose à voler chez Andreani même si aujourd'hui beaucoup de petits vieux cachent leur retraite en liquide chez eux. Je ne crois pas que c'était le genre de notre bonhomme de planquer des billets sous le matelas !

— Vous avez vérifié ? se risqua presque penaud Loubeyrac encore en vrac.

Dulat ne lui répondit pas. Il n'avait pas à se justifier. Même s'il était le maire, Loubeyrac était un civil, un témoin de surcroît, et le major espérait qu'il ne serait pas davantage impliqué dans l'affaire. Loubeyrac n'avait pas la tête d'un assassin. Dulat se surprit à sourire, lui aussi donnait dans les lieux communs.

Le major ne vit pas arriver Kobolsian, accompagné d'Armelle Boucher. Les deux flics s'étaient garés une centaine de mètres en contrebas. Victor Kobolsian avait une mine de déterré, des cernes noirs et profonds creusaient ses traits. On lui donnait dix ans de plus. Sa barbe de trois jours et sa peau couleur parchemin jauni n'arrangeaient rien. Et que dire de ses vêtements froissés...

Armelle, elle, était impeccable. Cheveux tirés en arrière, pour ne pas être gênée en cas d'action et de tir rapide, un jean qui moulait joliment ses longues jambes, un chemisier gris et une veste ample de couleur sombre sous laquelle se cachait, dans une poche, son holster en cuir noir. Dans son regard brillait la passion de son métier, et son visage, à peine maquillé, respirait une humanité certaine si, bien entendu, on ne la poussait pas dans les orties.

Le duo, presque de taille égale, marchait d'un pas décidé.

Autre lieu commun, pensa Dulat : la démarche des flics se repère parmi cent autres...

16

Kobolsian, arrivé au commissariat, était passé par le bureau d'Abrest.

— Comment va votre femme ? interrogea l'homme, les mains sur les hanches.

— Rien de nouveau, se contenta de répondre Kobolsian, fatigué par cette nuit sans sommeil véritable.

Le commissaire lança son Nespresso – il ne supportait pas le café de la machine de la salle de pause. « Privilège des chefs », avait-il ajouté en offrant une tasse à son capitaine.

Le bureau d'Abrest se situait au troisième étage, espace dévolu au haut commandement, mais il fallait être patient pour monter d'étage en étage, soulignait le commissaire, qui, lui, ne l'était pas vraiment. Une lampe surdimensionnée trônait sur un bureau écrasé par des montagnes de paperasserie, sans compter un ordinateur ancienne génération qui ne devait servir que rarement. Sur les murs, entre deux bibliothèques, elles aussi croulant de livres et de dossiers certainement jamais ouverts, s'affichaient des photos officielles que le commissaire n'aimait pas mais qu'il avait l'obligation de placer là pour satisfaire l'ego de certains. La devise, avait-il avoué un jour à Kobolsian, est de combler son supérieur. Protéger et agir venaient après. Les cadres accrochés au mur en étaient l'exemple parfait, criants de vérité : ne pas afficher la photo du préfet lors de sa visite pouvait être considéré par celui-ci ou une de ses taupes comme un crime de lèse-majesté.

Assis dans un fauteuil, Kobolsian patientait.

— Voluto ? s'enquit son patron en jouant avec une petite capsule.

— Si vous voulez.

Il n'avait jamais vraiment compris l'engouement pour ces machines. Ici ce n'était pas un salon de thé, et le café de la salle de pause était un personnage à part. Il avait fait grimacer des coupables par dizaines. Kobolsian se demanda si ce breuvage avait pu faciliter les aveux de certains.

Abrest revint vers son bureau, les deux tasses en équilibre sur sa main droite, du sucre dans la gauche. Kobolsian voulut l'aider mais son patron lui fit signe de la tête qu'il gérait la situation.

— Bon, dit Abrest en faisant tourner lentement sa cuillère dans son café fumant, vous êtes sûr de ne pas connaître ce César Andreani ?

— A priori oui. Il faudrait bien entendu lancer une recherche et voir si ce type apparaît dans un de nos dossiers, mais j'ai une bonne mémoire des noms et je ne me souviens pas d'avoir croisé celui-là. On a une photo ?

Abrest secoua la tête.

— Non, la gendarmerie ne nous a rien envoyé pour l'instant. J'ai demandé à Boucher de faire des recherches. Sans succès. Pas d'Andreani depuis que vous êtes ici. Elle fait un tour sur le fichier central, nous serons vite fixés.

— Comment mon nom a-t-il pu atterrir dans cette affaire ?

Abrest haussa les épaules en guise de réponse.

— D'après le gendarme qui nous a appelés, le papier était bien plié dans la main de la victime, donc on peut difficilement penser qu'elle l'a écrit elle-même pour le replier et mourir après.

— Restent deux possibilités, remarqua Kobolsian en reposant sa tasse vide sur le rebord du bureau, soit c'est un témoin qui me connaît, mais alors pourquoi une telle mise en scène ? Ce n'est pas logique. Un simple coup de fil aurait suffi. Soit...

— C'est l'assassin, le coupa Abrest entre deux gorgées. Il nous envoie un message, pour nous prévenir...

— De quoi ? Qu'il va tuer de nouveau ? Pourquoi avoir écrit mon nom si ce n'est pour me faire monter là-haut ?

Abrest sourit.

— C'est exactement ce que vous allez faire. Dulat vous attend. A ses yeux, vous êtes le suspect idéal. Par certains côtés, les gendarmes manquent de finesse.

Si Kobolsian avait eu plus de forces, il aurait rué dans les brancards et proposé à ce Dulat d'aller se faire voir chez les Grecs. Mais ce matin-là, il n'était plus qu'une coquille vide. Son esprit planait ailleurs.

— Je suis désolé, Victor, j'aurais préféré vous savoir avec votre épouse. Je vous détache Armelle, elle vous accompagne.

— Patron, notre équipe est déjà en sous-effectif, et puis pourquoi ne pas envoyer un gars de la Crim' ? C'est leur boulot, non ?

— Non, c'est le boulot de la gendarmerie, et vous n'y allez pas en tant que flic mais en tant que témoin.

— Alors pourquoi me coller Boucher ?

— Les gendarmes sont souvent impressionnables, deux flics pour le prix d'un, cela devrait aller.

— Surtout si j'y vais en tant que témoin.

La remarque fit sourire le commissaire.

— Vous serez vite de retour à l'hôpital. Pour l'instant, nous n'avons pas d'autre choix que de vous envoyer à Saint-Ambrose et de tenter de comprendre pourquoi votre nom était dans le creux de la main du mort.

Pas d'autre choix… La phrase de son patron repassait en boucle dans l'esprit du flic fatigué. Il aurait dû lui dire que, des choix, il n'en avait qu'un : celui de rester auprès de Léa. Mais à quoi bon insister ? Il n'en avait ni la force ni l'envie. Il se résignait, chose qu'il n'avait jamais faite de toute sa vie. Pour Léa, il devenait un autre homme, perclus de douleur et de souffrance.

— Ça ne va pas ? interrogea Armelle alors qu'elle venait de prendre le volant et la route vers Saint-Ambrose.

Cette interrogation pouvait s'apparenter à une affirmation mais jamais Armelle n'oserait affirmer quoi que ce soit devant son capitaine, même s'ils étaient amis depuis plusieurs années. Kobolsian ne le supporterait pas. Au bord du gouffre, il regardait l'abîme avec la trouille au ventre de voir sa femme y plonger définitivement.

Victor tourna la tête vers Armelle puis revint à la route.

— Tu as fait le tour des fichiers ? demanda-t-il.

— Rien nulle part. Andreani n'est pas fiché et tu ne l'as jamais croisé, professionnellement je veux dire.

— J'ai dû aller une fois ou deux à Saint-Ambrose, et encore en touriste lors d'une brocante. Je ne connais personne là-bas et il me semble que Léa non plus. Alors tu peux me dire comment un putain de macchabée se retrouve avec mon nom entre les doigts ?

Kobolsian avait fini sa phrase en criant et en tapant d'un coup sec sur les plastiques du tableau de bord de la Mégane de service. Armelle serra les dents et laissa passer la tempête.

Le flic soupira puis, la main sur le bas du visage, fixa un point lointain vers l'horizon.

Outre une architecture magnifique et un charme désuet, Aix-en-Provence avait une particularité : ses embouteillages. Les boulevards circulaires aux heures de pointe étaient impraticables et les quatre voies autour de la ville saturées au point qu'il fallait parfois plus d'une heure en partant du centre d'Aix pour atteindre des quartiers comme celui des Platanes ou des bourgades comme Bouc-Bel-Air. Armelle bifurqua et rentra dans la ville par le quartier Mazarin. Elle posa sur le toit le gyrophare, lança la sirène et fit ce qu'elle aimait le plus : foncer.

Kobolsian revint à la réalité quand ils traversèrent des petites rues familières. Sa femme affectionnait particulièrement cette partie d'Aix-en-Provence. A l'angle des rues Cabassol et Goyrand se tenait le salon de thé Book in Bar. Léa y passait de longs après-midi à boire du thé, entourée de livres en langue anglaise. De temps en temps, elle se levait, en prenait un, s'y plongeait quelques instants, s'en imprégnait puis le refermait avant de passer à un autre. Nulle part ailleurs il n'avait senti une telle atmosphère. On était loin des ambiances branchées des bars à la mode du cours Mirabeau pourtant proche. Des bibliothèques couvraient les murs. Seule une petite partie, peinte en marron, échappait aux livres. Sur le large palier de l'escalier montant à l'étage, deux fauteuils en cuir encadraient une petite table et une lampe qui offrait une ambiance cosy. Des photos représentant New York s'inséraient avec harmonie dans l'espace. Au milieu des bouquins, une table à l'entrée, trois dans la deuxième salle, sans compter celles de l'étage permettaient au client de se sentir comme à Londres ou à Brooklyn, loin d'Aix en tout cas. L'agitation permanente du cours Mirabeau ne polluait pas cet îlot tranquille où Léa se sentait si bien.

Kobolsian ferma les yeux et pria pour qu'elle revienne se perdre dans cet éden.

Une bordée de jurons lâchée par Armelle le fit sortir de sa rêverie. La jeune femme conduisait nerveusement. Victor préféra remettre son salut à la poignée et s'accrocha. Vingt minutes plus tard, ils quittaient Aix-en-Provence.

Il regarda Armelle et lui demanda d'une voix peu assurée :

— Et ton divorce ?

Armelle accusa le coup. Elle avait tout fait pour que cela ne se sache pas. Sa vie privée devait rester aux portes du commissariat. Quand Kobolsian avait appris la nouvelle, il avait été étonné de n'avoir jamais rencontré le mari de sa collègue. Elle tenait à se préserver et faire que les ténèbres qui l'entouraient n'obscurcissent pas sa vie de femme. Pourtant elle était rattrapée par ce fléau qui touchait tant de couples aujourd'hui.

— Comment as-tu su ? demanda la flic en gardant les yeux sur la route et le pied au plancher.

Au ton sec de sa collègue, Kobolsian comprit que le sujet était plus que miné. Mais il lui fallait parler pour oublier, si tant est que cela soit possible. Il n'était pas du genre à parler de la pluie et du beau temps. S'appesantir sur les dossiers, il n'en était pas capable en ce moment. Le divorce d'Armelle lui était venu par hasard, sans réfléchir. Il regretta instantanément.

— Excuse-moi, Armelle, oublie ma question.

La jeune femme fit un petit signe de la main.

— Ne t'inquiète pas, Victor. Ça m'apprendra à la jouer perso.

— T'as le droit de ne pas tout partager.

— Comme tu dis. C'est exactement ce qu'a fait mon futur ex. Il a partagé avec une de nos amies communes un peu plus que de l'amitié, si tu vois ce que je veux dire. Et je n'ai rien vu venir. L'année dernière, nous sommes partis ensemble en vacances.

Ses meilleures depuis des années, d'après lui. Deux mois plus tard, il se barrait avec cette salope.

Armelle se crispa et ses phalanges blanchirent sur le volant.

— Il m'a baladée de long en large et du début à la fin. Aujourd'hui je n'ai pas d'autre choix que d'accepter qu'il ne reviendra pas et de signer les papiers. Une signature et on repart à zéro. Quelle belle époque nous vivons ! Vite fait, bien fait...

Une larme coula sur sa joue droite. Armelle la laissa rouler avant de tirer un mouchoir de sa poche.

Kobolsian resta muet, il s'en voulait.

Prostrés dans le silence, ils ne prêtèrent pas attention à la Sainte-Victoire qui les accueillait ni à la vallée magnifique qui les conduisait au plateau de Saint-Ambrose. Le bleu du ciel, incomparable, était plus splendide encore que ceux que Kobolsian avait pu voir ailleurs. Un soleil de plomb allait irradier la région, implacable. Le capitaine se saisit de son téléphone, vérifia que l'hôpital n'avait pas tenté de le joindre. L'infirmière en chef du service lui avait donné sa ligne directe non sans le rassurer.

« Ne vous inquiétez pas. Sachez que si je ne téléphone pas c'est que son état est stationnaire. Mais appelez-moi dès que vous en avez besoin ; vous avez tous les droits, monsieur Kobolsian, mais surtout celui d'espérer. »

Kobolsian n'était pas un surhomme, juste un être de sang et de chair avec des terminaisons nerveuses sensibles. Loin des héros de papier qui faisaient des flics des êtres à part, il avait du mal à se reconnaître dans ces caricatures de policiers venus du Nord ou d'outre-Atlantique. Trop d'alcool, trop de drogue, trop de dépression, trop d'excès. Il était fonctionnaire et avait un métier difficile. Dans les autres services du commissariat, ce n'était certes pas le monde parfait des Bisounours, mais les gars bossaient pour un idéal. Kobolsian constata amèrement qu'il était aujourd'hui comme ces flics de roman, au bord du gouffre, la chair à vif, l'esprit ailleurs.

— Tu m'écoutes ?

Armelle le tira de sa rêverie.

— Pardon ?

— J'étais en train de te dire que c'était le bordel. Regarde !

Armelle avait raison. Cette route, d'habitude peu fréquentée, regorgeait de monde. Les touristes s'arrêtaient à Vauvenargues pour admirer le château de Picasso. Ils poussaient rarement plus loin. Aujourd'hui c'était différent. A croire qu'en plein mois d'août le Tour de France avec sa caravane s'était perdu ici ! Des voitures partout, sans compter les camping-cars, épaves sur les bas-côtés tous les cent mètres environ. Dans le ciel, deux hélicos balayaient la région.

— Qu'est-ce que c'est que ce foutoir ?

La route était étroite et sinueuse. Plus ils approchaient du village, plus elle s'encombrait. A l'embranchement indiquant la direction d'un lac, régnait une pagaille infernale ; un gendarme tentait non sans risque de faire la circulation. Arrivés à sa hauteur, ils montrèrent au pauvre homme leurs cartes puis continuèrent vers Saint-Ambrose.

— Va falloir que le major nous explique, souligna Kobolsian en désignant de la main une place qui venait de se libérer sur un petit parking à l'entrée du village.

— Je ne peux pas croire que notre meurtre attire autant de monde !

Kobolsian acquiesça d'un mouvement de tête.

Armelle effectua sa manœuvre sans trop se préoccuper des voitures garées alentour. La matinée était déjà bien entamée. Il soufflait un vent chaud qui n'apportait rien de bon dans ce bourg provençal.

Les deux flics trouvèrent sans difficulté le lieu du drame. Une ambulance, un groupe de badauds, deux médecins légistes quittant leurs tenues blanches, un major de gendarmerie aussi avenant qu'une porte de maison d'arrêt s'y trouvaient déjà. Pas de doute : ils étaient bien chez ce fameux Andreani.

Kobolsian vit que, malgré la foule, le gendarme les avait repérés. Ce dernier les fixa longuement mais ne fit aucun pas vers eux, une façon de leur signifier qu'ils étaient sur son territoire et non l'inverse.

Une belle espèce d'abruti, pensa le flic en ralentissant volontairement. Armelle cala sa vitesse sur la sienne. Ensemble ils partirent affronter le major Dulat qui les attendait, les mains sur les hanches.

1er octobre 1937

Je sais enfin où habite Elzéar. Bien que cela m'ait coûté cher, cela en valait la peine. Je savais que le petit Pierrot Casteno aimait la réglisse mais pas à ce point-là ! Au début nous avions convenu que deux rouleaux seraient largement suffisants pour effectuer sa mission. Ce sacripant en a ajouté un de plus pour acheter son silence. A neuf ans il a de la suite dans les idées ! Il a été efficace et discret. Nous avions rendez-vous derrière l'épicerie après l'école. Monsieur Bernard les a lâchés avec du retard. Pierrot est arrivé en courant. J'ai cru qu'il ne pourrait pas reprendre sa respiration, pourtant il tendait sa main vers moi. J'ai compris qu'il réclamait ses réglisses. J'ai dû palabrer pendant de longues minutes. Il m'a fixée d'un regard espiègle et a souri en révélant une bouche tout édentée.

« Si tu m'en donnes trois, je dirai rien à personne. »

Le lendemain midi, en rentrant de l'école, Pierrot a fait un détour par la maison. Il a fait celui qui passait par hasard, pour dire bonjour. J'étais dehors, un peu à l'écart, à écosser des petits pois. Il m'a tourné autour, ma mère n'a pas fait attention à notre manège, aux rouleaux de réglisse glissés dans la main de Pierrot, ni au petit mot qu'il m'a déposé dans les cosses de petits pois. Je l'ai fait disparaître aussi vite que possible quand j'ai vu ma mère me rejoindre.

Dans ma poche de tablier je sentais le papier me brûler les doigts. J'ai attendu le milieu d'après-midi pour prétexter une fatigue passagère et me réfugier dans ma chambre et défroisser le message.

J'ai mis deux bonnes minutes pour déchiffrer l'écriture en pattes de mouche du petit Pierrot.

Je sais enfin où habite mon Elzéar.

17

L'affrontement était nécessaire pour partir sur de bonnes bases. Si Dulat ou bien Kobolsian avait jeté l'éponge dès le début, l'autre aurait pris l'ascendant. Armelle Boucher, entre le marteau et l'enclume, à la fois arbitre et partie, n'aima pas cette position. Un gendarme vint en renfort du major mais resta tout de même en retrait : pas envie d'entrer dans l'arène avec le risque de prendre des coups.

Le gendarme fit face au policier, accepta de lui serrer la main, d'une poignée ferme et rapide, puis planta ses yeux dans ceux de son rival. L'antagonisme entre les deux corps ne s'était pas estompé après la redistribution, quelques années plus tôt, des territoires et des compétences de chacun.

— Kobolsian, déclara sèchement le capitaine en guise de présentations, et mon adjointe Boucher.

La jeune femme derrière salua d'un bref signe de la tête.

Dulat les toisa.

— Vous êtes au courant ?

Au tour de Kobolsian de se taire et de jouer les désagréables. Il n'avait pas beaucoup d'efforts à faire pour y parvenir. Il prit une profonde respiration.

— Vous avez un gars avec un couteau dans le dos et mon nom dans sa main. Vous vouliez me voir ? Me voilà.

Dulat ne put s'empêcher d'esquisser un sourire. Kobolsian n'avait peut-être pas sa tête des meilleurs jours mais il semblait être à la hauteur de sa réputation. Un bon flic, d'après son patron, mais pas facile à piloter. Abrest l'avait informé de sa situation personnelle.

— Je suis au courant pour votre épouse et, croyez-moi, j'en suis désolé.

Armelle fut presque déçue de voir le gendarme baisser la garde si rapidement.

— Suivez-moi, exigea Dulat en prenant la direction de l'ambulance. Si le nom ne vous évoque rien, peut-être que le visage d'Andreani vous aidera à vous rafraîchir la mémoire.

— Je n'ai aucun problème de mémoire, bien au contraire. César Andreani n'est pas fiché chez nous ni dans les autres services.

Kobolsian avait un caractère entier, il s'emportait vite en temps normal. Aujourd'hui, dans l'état de fatigue et de nerfs dans lequel il se trouvait, il avait tout d'une bombe à retardement. Armelle comprenait que le major fasse son boulot, mais prendre de haut tout le monde et jouer au grand manitou pour marquer son territoire n'était pas la meilleure des solutions face à un flic sur la corde raide.

Un des deux ambulanciers fumait une cigarette devant le véhicule sans prêter attention au manège des forces de l'ordre. Il regarda sa montre et devina qu'ils en avaient pour un bon moment avant de redescendre à la Timone livrer le corps au médecin légiste. La substitut n'étant pas encore arrivée, ils n'avaient plus qu'à prendre leur mal en patience.

L'homme regardait le paysage vers la vallée et au loin la Sainte-Victoire. Il fut surpris de voir débouler vers lui un gendarme accompagné d'un type à la mine patibulaire et d'une femme à l'expression peu avenante. Derrière eux suivaient un autre gendarme et un dernier homme, à l'air inquiet, qu'il reconnut pour être le maire.

Dulat ouvrit la porte de l'ambulance avant que l'ambulancier ne puisse réagir. Il fit glisser la fermeture éclair du sac noir, découvrant ainsi le visage d'Andreani. Kobolsian s'arrêta sur l'expression du vieil homme. Son estomac se noua. Andreani semblait dormir comme Léa. Etait-elle en train de se rapprocher à grands pas de la fin ? Cette réflexion l'obséda au point qu'il n'entendit pas la question que répétait le major, agacé.

— Alors, Kobolsian ? Vous le connaissez, oui ou non ?

— Non, jamais vu, soupira le flic en se dégageant au plus vite du véhicule, laissant le gendarme seul auprès du corps.

Armelle entra à son tour, répondant par la négative également.

— Eh bien, tout se complique, s'inquiéta Dulat en rejoignant Victor et sa collègue.

— Pourquoi donc ?

— J'aurais préféré le contraire, cela aurait pu nous aider. Il va falloir m'expliquer comment un parfait inconnu peut se retrouver avec un couteau dans le dos et un papier dans la main avec votre nom dessus.

— Pas d'explication pour l'instant, répondit Kobolsian, fatigué.

— Je ne vous demande pas où vous étiez hier soir, votre patron me l'a dit.

Ce fut la phrase de trop. Armelle eut à peine le temps de s'interposer entre Kobolsian et Dulat.

— Parce que vous êtes assez con pour me croire suspect sous prétexte que mon nom est sur la scène de crime ! cria Kobolsian hors de lui.

— Je ne crois rien, je constate, lâcha Dulat, mauvais lui aussi et n'appréciant pas le comportement du flic.

Si ce dernier voulait en venir aux mains, il n'y voyait aucun inconvénient.

— Vous comptez vous étriper devant tout le monde. Nous refaire la guerre des polices version campagne ?

Kobolsian et Dulat se figèrent, identifiant la voix. Sylvia Percan, substitut du procureur et femme de poigne. Du haut de son mètre cinquante, elle ne se laissait pas marcher sur les pieds et personne n'avait envie d'essayer, d'ailleurs. Son regard, presque transparent, mettait mal à l'aise ses interlocuteurs, comme sa voix qui contrastait avec sa petite taille. Elle n'avait pas besoin de crier pour se faire entendre, elle haussait le ton et le silence se faisait comme par miracle.

— Major, ajouta-t-elle en vérifiant par la même occasion si elle avait du réseau sur l'écran de son téléphone, vous me faites un point rapide. Pas la peine de me montrer le cadavre, j'ai déjà eu mon compte pour la journée.

Dulat s'exécuta avec une rigueur toute militaire.

— Et l'enquête de proximité ? demanda Percan une fois la situation résumée.

— Elle est en cours, un de mes gars interroge le voisin, Paul Aletto.

— C'est lui qui l'a découvert ?

— Non, c'est l'aide ménagère de la victime. En arrivant sur place, elle a trouvé la porte ouverte, pas d'effraction et...

Kobolsian n'écouta pas la suite, s'arrêtant à ces informations : porte ouverte et absence d'effraction. Un inconnu n'aurait jamais franchi le seuil aussi facilement. Andreani devait donc connaître son agresseur.

D'un geste, Dulat appela le gendarme qui sortait de la maison du voisin d'Andreani. L'homme arriva au petit trot.

— Que vous a dit monsieur Aletto ? demanda le major.

— Andreani a reçu du monde hier soir, six personnes en tout.

— Eh bien, siffla la substitut d'un ton moqueur, vous vouliez des suspects, vous voilà servi ! Kobolsian va pouvoir réfléchir à son aise au pourquoi et au comment de son intervention divine sur les lieux sans pour autant subir les pressions de la gendarmerie.

Allez, montrez-moi la scène du crime. Nous referons un point général après.

Le petit groupe se dirigea vers la maison d'Andreani. Les badauds avaient déserté les lieux pour mieux réinvestir les bords du lac. Loubeyrac se retira sur la pointe des pieds, se sentant inutile. Il aurait bien l'occasion de les revoir dans la journée.

18

La mairie ne ressemblait plus à rien. Le calme habituel de l'endroit avait disparu. Un nombre croissant de touristes, shorts, débardeurs et bobs colorés siglés de marques de bière ou de boissons anisées, investissaient les lieux comme s'il s'agissait de l'antichambre d'un parc d'attractions : sans gêne et bruyamment. La secrétaire avait déserté son poste. Loubeyrac supposa qu'elle arpentait le village de long en large à la recherche d'informations croustillantes sur la mort du vieil Andreani.

Au sous-sol, deux jeunes gendarmes bataillaient ferme avec un groupe de Belges qui tenaient à tout prix à se faire photographier avec la relique de la Deuxième Guerre. Le maire vint à leur secours et, en haussant le ton, se révéla plus efficace. La vue des uniformes n'avait pas vraiment repoussé ni impressionné les touristes, mais la carrure du maire, alliée à sa voix déjà grave, eut raison de leur résistance. Une fois les Belges partis, Loubeyrac ne put s'empêcher de lâcher un « Abrutis d'imbéciles » qui amusa les gendarmes en faction.

Mais c'est au-dessus de la « salle du trésor », comme on l'appelait déjà au village, que le maire connut l'une des pires surprises de la journée. Dans le hall de la mairie, sur la gauche, un petit bureau, destiné à des intervenants extérieurs, servait aussi de salle de réunion. D'ordinaire il était utilisé lorsque le maire ne voulait pas montrer le chaos de son propre bureau. Et là, sur la porte, était placardée une affiche jaune fluo sur laquelle était écrit en lettres épaisses au marqueur : SALLE DE PRESSE.

Loubeyrac poussa la porte d'un geste brusque et découvrit, assise sur un coin de la grande table de réunion, une Judith De Synth triomphante, un bloc-notes dans une main, un portable dans l'autre.

— Qu'est-ce que c'est... bafouilla le maire, interloqué par la scène et le toupet de l'intruse.

Judith le regardait avec une certaine morgue. Dire qu'elle le toisait était un mot faible. Par ce regard, elle le méprisait comme elle méprisait la plupart des habitants de Saint-Ambrose. C'était elle qui menait la danse. Finies les fêtes patronales pourries où il faut se battre à la rédaction du journal pour avoir quatre colonnes et une photo et en plus être payée avec un lance-pierre. Aujourd'hui, elle avait « du lourd », comme ils disaient si bien à la télé. Elle tenait l'affaire du siècle. De quoi faire d'elle une véritable journaliste, reconnue comme telle par ses pairs et ces crétins de villageois.

— Vous êtes à la mairie, Judith, vous n'avez rien à faire dans ce bureau et encore moins y installer cette... salle de presse.

— Je suis ici pour servir l'intérêt de nos habitants et il est tout à fait normal que la commune mette à notre disposition un local dans lequel nous pourrons coordonner toutes les informations et les redistribuer aux différents médias…

— Coordonner ?

Loubeyrac ne put que répéter le mot, excédé par le comportement de cette femme.

— Vous n'avez pas à investir un bureau comme bon vous semble. La politesse aurait voulu que vous m'appeliez d'abord !

De Synth le toisa de nouveau. Son portable sonna, une sonnerie horrible qui acheva d'irriter Loubeyrac. D'un signe elle le congédia et lâcha un « Nous en reparlerons plus tard » sur un ton sans appel.

Le maire se retrouva dans le hall, devant une porte close. Il y resta quelques secondes, les bras ballants, sans réaliser ce qui venait de lui arriver. Il ne décolérait pas. Face à lui, cet écriteau qui le narguait et le reléguait au rôle de pantin ridicule. Un court instant, il envia son épouse qui tenait la pharmacie à sa place loin de ce tumulte aberrant. Tout ça à cause d'une antique caisse découverte à peine deux jours plus tôt ! Loubeyrac avait l'intime conviction que la mort d'Andreani était liée à ce coffre que l'on venait de dévoiler au public. Aucune preuve pour étayer sa thèse, juste un sentiment, une intuition comme pourrait dire ce flic arrivé aujourd'hui. Loubeyrac avait été impressionné par Kobolsian, parfaite caricature du policier : spectre fatigué au visage rongé par les rides et les cernes. La jeune femme qui l'accompagnait semblait venir d'un autre monde si on la comparait à son collègue. Grande, au physique élancé, elle respirait la santé, malgré des traits fermés. Ses vêtements, sportifs et chics à la fois, la mettaient en valeur. Elle n'était pas sans rappeler à Loubeyrac une de ses anciennes conquêtes. Le maire sourit à ce souvenir lui aussi extrait d'un passé lointain mais pas si désagréable. Puis le sourire s'effaça et la colère revint. Loubeyrac préféra se recueillir dans le calme de son bureau en savourant un café. La journée allait être longue, très longue…

Sa secrétaire, de retour à son poste, avait lancé la cafetière. Une agréable odeur d'arabica planait dans le couloir, masquant celle du renfermé qui avait la part belle le reste de la journée. La jeune femme était en train de se servir du breuvage brûlant dans un mug sur lequel on lisait qu'elle était la plus gentille des mamans. Affirmation que Loubeyrac ne chercherait même pas à contredire.

— Un café, monsieur le maire ?

Loubeyrac lui avait demandé cent fois de ne pas l'appeler ainsi. « Monsieur le maire » était bien trop cérémonial. Pierre, à la rigueur monsieur Loubeyrac, si elle n'arrivait pas à l'appeler par son prénom, lui convenait parfaitement. Mais rien à faire, elle restait collée à son « monsieur le maire » et n'en démordait pas.

Aujourd'hui, il n'avait pas la force d'entrer dans ce débat et savait parfaitement qu'elle attendait de sa part des détails croustillants.

Il prit deux sucres dans un petit bol à côté de la cafetière, les plongea dans un café noir à réveiller les morts et les brûlures d'estomac. Peu importe, ce matin il avait besoin d'une dose massive de caféine. Et il fut servi.

— Alors ? s'enquit la secrétaire, cachant mal son impatience.

Cet « Alors ? » résumait parfaitement l'état d'esprit d'un village qui voulait connaître les tenants et les aboutissants d'une affaire sanglante. La rumeur avait un paquet d'alliés à Saint-Ambrose.

Loubeyrac s'amusa à la faire languir, soufflant sur son café brûlant. Par ce petit jeu, il put ainsi faire retomber sa colère et décompresser par la même occasion.

— Andreani a été assassiné chez lui, lui apprit-il entre deux gorgées.

Ça, elle le savait déjà, mais elle feignit tout de même la surprise.

— On l'a poignardé, deux coups de couteau dans le dos, continua Loubeyrac. Ce n'était pas beau à voir.

Cette mince révélation contenta la secrétaire qui, dès que le maire aurait le dos tourné, pourrait transformer ces mots en détails sordides qu'elle se ferait un plaisir d'inventer.

Loubeyrac se préparait à lui offrir la scène du corps que l'on ausculte, transporte et glisse dans un sac plastique noir mais il fut interrompu dans son élan par l'arrivée de son adjoint. Chemin se tenait dans l'embrasure de la porte, le teint livide et la tête des mauvais jours.

— Faut qu'on parle, lâcha-t-il à voix basse.

Il recula et prit la direction du bureau du maire. Loubeyrac le suivit d'une démarche rapide. La secrétaire maudit l'adjoint de la priver ainsi d'une histoire croustillante.

Devant la fenêtre, Chemin semblait contempler l'infini. L'index aux lèvres, il se rongeait les ongles. Soucieux, Loubeyrac ferma la porte.

— Que se passe-t-il ?

Chemin se retourna. C'était la première fois que Loubeyrac voyait son ami dans cet état. Le visage défait, le regard vide, Chemin était loin de son personnage habituel, énervé, hargneux.

— Hier soir... commença l'homme en bégayant avant de s'arrêter et de reprendre sa contemplation.

— Quoi, hier soir ?

Chemin quitta la fenêtre pour s'asseoir en face de Loubeyrac.

— J'étais chez Andreani, avoua Chemin en baissant les yeux.

Les mains nouées, il ne pouvait regarder que le bout de ses chaussures.

— Pardon ? demanda Loubeyrac, qui avait pourtant très bien compris ce que Chemin venait de déclarer.

— Il nous avait convoqués pour parler de la caisse...

— Nous ?

— Il avait soi-disant des choses à nous dire et...

— Et quoi ?

— Et ça s'est mal passé...

19

Un des gendarmes prit l'initiative de laisser la porte ouverte ainsi qu'une fenêtre de la salle à manger. L'air circula pour le plus grand bien du petit groupe qui se tenait autour de la table de la cuisine. Dulat venait de recevoir du renfort. Trois hommes, les mains gantées de plastique bleu, relevaient des empreintes sur la scène de crime. Sylvia Percan se dirigea vers la salle à manger, où il restait sur la table verres et bols. Un gendarme s'apprêtait à les empaqueter un par un dans des sachets plastique.

— Six personnes, vous dites ? interrogea la procureur en inspectant rapidement la pièce.

Elle compta quatre chaises et supposa que les autres invités étaient restés debout.

Armelle Boucher se fit la même réflexion et remarqua qu'ils avaient dû être à l'étroit, vu l'exiguïté de la salle à manger.

Dulat coordonna son équipe et envoya un gendarme dans la buanderie.

Kobolsian, immobile, regarda s'agiter la gendarmerie ; certains avaient revêtu une combinaison blanche. Dans la salle à manger, Armelle et la proc devisaient sur ce qu'avait pu être la soirée de la veille. Sept personnes dans moins de trente mètres carrés, cuisine comprise, de quoi s'échauffer les esprits, songea Kobolsian. Le déroulement des faits laissait penser que les invités et leur hôte étaient restés dans la salle à manger ; plus tard Andreani devait être seul, attablé, quand son assassin l'avait tué. Rien de bien transcendant dans la déduction, se dit Kobolsian en tournant autour de la table.

— Vous nous faites profiter de vos lumières ? dit Dulat d'un ton sec, pas vraiment aimable.

Si Kobolsian avait été dans un état normal, il aurait répliqué, voire secoué le major au risque de provoquer une crise bien plus grave.

Le capitaine contourna de nouveau la table de la cuisine, lentement.

— Pas d'effraction, constata Kobolsian, Andreani n'avait aucune raison de se sentir menacé par son hôte de dernière minute, il est resté attablé. Dans la salle à manger, les verres sont regroupés, certainement pour la femme de ménage. Pas de traces de lutte non plus. L'assassin et la victime devaient se connaître. Peut-être parmi les six invités d'hier soir ?

— Vous avez fait beaucoup d'études pour tirer ces conclusions ? persifla Dulat.

Kobolsian fit deux pas en avant, les poings serrés, droit sur le gendarme.

— Ecoutez, major, vous m'avez demandé mon sentiment sur l'affaire, je vous le donne. Si ça ne va pas, je n'ai qu'une chose à vous dire : allez vous faire foutre.

Kobolsian acheva sa phrase à quelques centimètres du visage de Dulat. La confrontation était inévitable. Armelle vit bondir la procureur, qui, d'un geste, écarta les deux hommes.

— Nom de Dieu ! hurla-t-elle en les séparant. Vous jouez à quoi ?

Elle se retourna vers le major et le fusilla du regard.

— La prochaine fois que je vous entends tenir ce genre de propos, je vous retire l'affaire. Compris, gendarme ?

Dulat, écarlate, avala avec difficulté ce « Compris, gendarme ? ».

— Nous avons un mort, au cas où vous l'auriez oublié. Je vous préviens que je me passerai de vos services à tous les deux si cela continue. Et vous, Kobolsian, si vous ne tenez pas à être relégué au rôle de témoin et renvoyé dans vos pénates, changez de comportement.

Percan était hors d'elle. Elle se tourna vers Armelle.

— On reprend, venez.

Armelle Boucher regarda Kobolsian, haussa les épaules, et suivit la procureur.

Dulat sortit prendre l'air. Kobolsian resta, seul et songeur, dans la cuisine. Il ne savait qu'une chose : il n'était jamais venu ici et n'avait jamais rencontré cet Andreani. Il examina longuement le bout de papier trouvé dans la main du mort. Il aplatit sur la table en formica le sachet en plastique contenant le message. Son nom apparut en lettres bleues d'une écriture fine. Victor retourna le sachet. Rien n'était inscrit au dos du papier, un papier blanc des plus communs. Kobolsian le reposa sur la table. Ils n'en tireraient pas grand-chose, pensa-t-il en faisant la moue. Il passa à l'examen du couteau. Le sang de la victime maculait la lame et une partie de l'intérieur du sachet. Les gendarmes n'avaient trouvé aucune empreinte sur le manche. Ce qui n'étonna pas le flic, persuadé que la maison entière regorgeait d'empreintes de celles et ceux qui étaient chez le vieil homme la veille. Le relevé qu'effectuaient en ce moment les gendarmes n'apporterait rien à l'enquête. Dulat l'avait très bien compris. Mais il ne l'avouerait pas si facilement. Il avait sa fierté et supportait mal d'avoir Kobolsian dans les pattes. Certes Victor était un flic mais aussi la pièce non négligeable d'un puzzle incomplet.

La procureur revint vers lui, laissant Armelle Boucher dans l'autre pièce.

— Kobolsian, ce que je m'apprête à vous dire, je le dirai aussi à Dulat. Vous arrêtez ce petit jeu tous les deux au plus vite et vous avez quarante-huit heures pour régler cette affaire. Ce qui devrait suffire amplement. Ce n'est pas un crime de rôdeur, les psychopathes ne courent pas les rues et encore moins nos villages provençaux. Le meurtrier est certainement parmi les six visiteurs d'hier. A vous de vous bouger les fesses. Dans quarante-huit heures, vous devenez témoin, et Dulat est éjecté de l'affaire. Sachant que vous n'aurez plus le beau rôle, n'oubliez pas que votre nom est dans la main du mort. Détail que tout le monde semble oublier.

La proc marqua une pause, regarda sa montre.

— Pas de questions ?

Kobolsian ne répondit pas. En avait-il envie ? Sylvia Percan plongea ses yeux dans les siens. Si elle avait fait attention, elle aurait pu y lire le désespoir caché derrière un voile de pudeur et de professionnalisme. Mais elle ne voulait pas s'arrêter à ce qui relevait de détails selon elle.

Dehors, elle se dirigea vers le gendarme et répéta son discours. Armelle entra dans la pièce, se rapprocha de son collègue, lui toucha le bras. Victor ne réagit pas. Il sortit un carnet de la poche de sa veste, le fixa longuement puis le replongea à l'intérieur du tissu froissé. Armelle sentit le moment opportun pour le ramener à leur enquête.

— La proc m'a parlé d'une étrange découverte faite il y a deux jours.

Jusqu'alors dans ses pensées, Kobolsian revint tout doucement à Saint-Ambrose. Armelle ne pouvait lui en vouloir, elle qui arrivait à peine à gérer sa propre existence, lâchement abandonnée par un homme qui, des années durant, avait crié au monde entier qu'elle était la femme de sa vie.

— Quelle découverte ?

— Une caisse allemande de la Deuxième Guerre mondiale, cachée pas très loin sur un îlot au milieu d'un lac.

— Pardon ?

— Votre collègue a raison.

Quelque chose dans la voix de Dulat avait changé. S'était-il résigné à faire contre mauvaise fortune bon cœur ? Armelle en doutait, l'homme était trop fier.

— J'ai fait partie du groupe qui a mis la main sur ce trésor de guerre.

— Un trésor de guerre ? interrogea la jeune flic, surprise.

— Cette caisse est entrée dans la légende dès la fin de la guerre 39-45. A Saint-Ambrose c'était une sainte relique. Deux camps se sont toujours affrontés dans le village et la plupart du temps autour d'un pastis. D'un côté les « pro » trésor nazi, sûrs d'eux, expliquant que certains anciens leur avaient confié des secrets mais sans pouvoir révéler l'emplacement de l'or. Puis vous aviez les « anti », pour eux tout cela ne relevait que d'affabulations d'alcooliques. Ils prétextaient que chaque région avait ses propres histoires d'or, de vol d'argent de la Résistance, bref tout ce que peuvent engendrer ces périodes troubles.

— Et Andreani, là-dedans, vous le situez où ? demanda Armelle après avoir noté deux ou trois informations sur un carnet rouge.

— Justement, c'est là où les choses deviennent intéressantes, poursuivit Dulat. Il ne s'est jamais prononcé pour un camp ou pour un autre. Une ou deux fois je l'ai entendu dire que tous ces gens étaient des abrutis, qu'aucun n'ayant vécu la guerre, ils ne pouvaient pas comprendre. Andreani n'entrait jamais dans la polémique et, si cela arrivait, il avait tendance à s'éclipser en pleine explication.

— Vous voulez dire qu'il en savait beaucoup plus qu'il ne le prétendait ?

— Certainement, mais rien ne pourra pour l'instant prouver le contraire. La découverte de la caisse puis sa mort violente peu de temps après me laissent penser que les coïncidences sont trop belles pour ne pas être liées.

— Pourquoi pas ! nota Kobolsian. Mais pourquoi balancer mon nom dans cette histoire ?

— T'as de la famille dans le coin ? interrogea Armelle.

— Pas du tout. Mes parents ont vécu toute leur vie en Auvergne, comme mes grands-parents. Je n'ai pas le souvenir d'avoir entendu mon grand-père parler de la guerre, ni d'un quelconque trésor. Non, je ne vois vraiment pas.

Dulat soupira. Après un tour complet de la table de cuisine, il regarda la tache sombre que le sang avait laissée sur le parquet usé.

— A première vue ce n'est pas Andreani qui a écrit, souligna Dulat, j'ai trouvé un courrier sur le vaisselier et les écritures ne concordent pas.

— Vous pensez qu'un témoin a découvert le corps avant la femme de ménage ? demanda Armelle en reprenant son carnet.

— Non. Il n'y a aucune logique à ce geste de laisser votre nom en imaginant que l'on va vous confier l'affaire.

— Si ce n'est ni Andreani ni un témoin comme vous le dites, il ne reste qu'une solution. Personnellement elle ne me convient pas du tout.

— Moi non plus, Kobolsian, cette solution ne me plaît pas du tout.

Armelle ajouta alors à voix haute ce qu'aucun des deux hommes n'osait avouer.

— Ce serait l'assassin lui-même qui aurait écrit ton nom.

— Une convocation à la fête en quelque sorte !

— Reste à savoir pourquoi.

16 novembre 1938

Je n'aime pas tout ce que j'ai entendu au village. Les gens ne parlent que de ça. Un seul mot qu'ils répètent sans cesse : guerre, guerre et guerre encore !!! Ils n'ont que ce mot à la bouche. Je préfère me boucher les oreilles que de les entendre en parler. Ma mère s'est moquée de moi et mon père a fait comme si je n'existais pas. Il le fait chaque jour de toute façon. Il ne m'aime pas, je le sais : j'ai entendu ma mère l'expliquer à une de nos voisines, à voix basse, comme si elle avait honte de moi. J'ai fait celle qui ne remarquait rien. Je n'en souffre pas car mon père m'importe peu. Seul Elzéar est important.

Je ne veux pas le perdre. Pour l'instant nous échangeons juste des sourires. Je traîne souvent vers chez lui avec toujours une bonne excuse. Je le vois sans que lui ne se rende compte de ma présence. Je suis tel un furet, me cachant dans le moindre interstice. J'aime le contempler même si parfois je rougis quand il se met entièrement nu. Au début je fermais les yeux, par pudeur, mais maintenant je m'habitue à le voir ainsi. Il sera un jour mon mari...

J'ai bien failli me faire prendre, il y a de cela une semaine. Non par mon Elzéar mais par un bougre d'imbécile à peine plus vieux que moi. Il a voulu que je l'embrasse. Je l'ai fait pour qu'il ne découvre pas que j'espionnais Elzéar. Il a voulu mettre sa main dans mon corsage. Je ne l'ai pas laissé faire. Je lui ai griffé le visage, il en aura des traces jusqu'à Noël. Il m'a traitée de folle, m'a dit que je ne devrais pas faire la difficile. Mais moi, je ne veux appartenir qu'à Elzéar.

20

— Tu ne l'as pas tué, au moins ?

La phrase de Loubeyrac ricocha sur les murs de son bureau avant de se perdre dans les abîmes du silence. Chemin, écarlate, n'explosa pas comme aurait pu le craindre le maire. Il se prit le visage entre ses mains puis capta à nouveau le regard de son ami.

— Tu n'es pas sérieux ? demanda Chemin d'une voix faible. Tu ne me crois quand même pas capable de faire une chose pareille ?

Loubeyrac bafouilla une excuse mais Chemin reprit la main.

— Hier soir, Andreani m'avait demandé de passer. Il voulait me parler de la caisse. J'allais lui dire d'aller se faire voir comme à mon habitude quand il m'a expliqué que si je venais j'en saurais plus sur le coffre et son histoire.

Loubeyrac se redressa sur sa chaise.

— Quand tu me disais tout à l'heure que ça s'était mal passé…

— Je suis arrivé vers 20 h 30. Je fus surpris de constater que je n'étais pas le seul. En fait nous étions six, enfin sept si on compte Judith.

— Judith ? cria le maire presque debout.

— Exactement.

— Et les autres ?

— Trois dames de l'âge d'Andreani. D'après ce que j'ai compris elles vivaient à Saint-Ambrose à l'époque de la guerre. Et le fils Astier, je suppose qu'il était là pour représenter son père.

Loubeyrac comprit ce que voulait dire Chemin. Le père Astier, depuis son AVC, ne sortait plus de chez lui. Le maire était allé le voir à plusieurs reprises depuis son accident, soit pour lui apporter des médicaments, soit pour lui tenir compagnie. Il connaissait mal son fils même si celui-ci était venu le remercier pour ses visites.

— Quand j'ai mis les pieds là-bas, continua Chemin, l'ambiance était électrique. Ils parlaient de la caisse. Ça chauffait pas mal, même beaucoup.

— A propos ? coupa Loubeyrac.

— A propos de son histoire. Andreani en savait long et les trois autres vieilles aussi, ce qui semblait exaspérer le fils Astier. J'ai manqué une partie de la discussion mais j'ai vite compris que tous savaient parfaitement ce que renfermait notre caisse.

Loubeyrac nota le « notre caisse » et s'en inquiéta.

— Bref, Andreani trônait au beau milieu de ce petit monde. Il avait tout d'un parrain sur le retour. Je me suis demandé pourquoi il m'avait convoqué. Je lui ai posé la question. C'est à partir de là que ça a dégénéré. Je me suis emporté, je l'ai traité de vieux fou.

— Mais pourquoi ? Que te voulait-il ?

— Il voulait que je vole le coffre.

21

Kobolsian avait du mal à concevoir que toute l'affaire avait été planifiée par un tueur. Il laissait cela aux scénaristes et aux écrivains en mal de sensations fortes. Certes, il était manipulé, mais il ne se laisserait pas faire, jamais il n'avait été une marionnette. Il ne croyait pas non plus au tueur psychopathe prêt à décimer tout un village en abandonnant des indices incompréhensibles.

« Pourtant, lui confia une petite voix, il y avait ton nom dans la main du mort, tu te doutes bien que le hasard n'y est pour rien... »

C'était bien le problème, le hasard n'avait pas sa place dans ce genre d'affaire, ni ailleurs non plus. Kobolsian ne lui avait jamais rien laissé entre les mains.

Il soupira et sortit prendre l'air. Il faisait déjà chaud et les cigales s'en donnaient à cœur joie, mais à cet instant il trouva leur chant lourd et pesant. Devinaient-elles qu'un drame s'était produit dans la maison ? Rengaine funèbre accompagnée par un vent chaud qui jouait avec le pan fripé de sa veste, découvrant le temps d'un souffle son arme et son holster marron foncé. Un des gamins du village, venu pour en savoir plus, se figea quand il vit le revolver. Il ouvrit grands les yeux. Décidément l'été était porteur d'espoir. A la rentrée, l'enfant aurait de quoi faire baver ses copains : un mort et un flingue !

Armelle Boucher ne vit pas le gamin et se dirigea vers son collègue.

— Ça va ? lui demanda-t-elle en lui posant la main sur l'épaule.

Il lui sourit. Son visage portait les traces de la fatigue d'une nuit sans sommeil, de la peur de voir sa femme mourir. Il ne lui répondit pas. A quoi bon ?

— Un collègue de Dulat nous attend avec les premiers éléments de l'enquête de voisinage.

— J'arrive, dit Victor en se passant la main dans les cheveux pour les remettre en place après le coup de vent.

Le résultat ne fut pas probant mais le flic s'en moquait.

Sur le seuil de l'entrée de la maison d'Andreani, un gendarme tenait une feuille blanche noircie par une écriture en pattes de mouche. Il semblait la relire, nerveux.

— Allons-y.

Armelle passa devant lui.

Le gendarme se redressa puis mit son pas dans celui de la jeune femme. Derrière eux, Kobolsian ferma la marche tout en consultant l'écran de son portable. Pas de message. Il se sentit rassuré. Dulat avait quitté la cuisine pour s'installer dans la salle à manger. Chacun prit une chaise. Kobolsian choisit plutôt l'accoudoir du canapé. Face à lui un vaisselier qui débordait d'une vie entière à accumuler des babioles en tout genre.

— D'après les dires du voisinage, commença le gendarme, six personnes sont venues hier soir chez Andreani.

Armelle ne put s'empêcher de sourire. Décidément la vie de village avait du bon. Faites confiance à votre plus proche voisin, le jour où vous en aurez besoin, il sera là.

— Par ordre d'apparition, nous avons madame Elisabeth Siromin, Suzanne et Solange Trévor, Sylvain Astier, Judith De Synth, et Christian Chemin qui serait arrivé bien après tout le monde.

— Et qui sont tous ces gens ? demanda Kobolsian.

— Madame Siromin et les sœurs Trévor n'habitent pas le village. Astier non plus, répondit le gendarme en vérifiant ses dires sur ses pages noircies.

— Des touristes ?

— Non, ce sont des anciens de Saint-Ambrose. Les trois femmes ont le même âge environ que la victime. Astier est plus jeune, c'est son père, malade, qui vit ici. Ils ont tous rappliqué quand la caisse a fait son grand retour.

— Et les deux autres ? questionna Armelle.

— Judith De Synth est la correspondante locale du journal régional. Elle tient également un blog sur les activités culturelles du coin. Christian Chemin habite ici et travaille à l'usine.

— Ces deux derniers, continua Dulat, ont un caractère bien trempé. Madame De Synth se veut incontournable dans l'information locale. Elle impose un diktat sans appel. Soit vous êtes son ami et vous aurez la chance – en la suppliant à genoux – d'avoir deux lignes dans une édition du canard, soit vous jouez les indifférents et vous n'aurez droit qu'à son mépris aussi profond qu'un puits.

— Et Chemin ?

— Un drôle de personnage, certainement le pire caractère du plateau.

Kobolsian se demanda si le major se comptait dans cette catégorie mais un coup d'œil de sa collègue le dissuada d'intervenir. L'homme s'était radouci, il fallait en profiter.

— D'après vous, major, quelle est la raison de cette petite réunion ? interrogea Kobolsian en quittant momentanément l'accoudoir inconfortable du canapé.

— Pour moi, tout est lié à la découverte faite il y a deux jours.

— La caisse ?

— Exactement.

Dulat reprit les notes de son collègue.

— Les trois femmes ont presque le même âge qu'Andreani. Ils avaient entre dix-huit et vingt ans à l'époque de la Seconde Guerre. Sylvain Astier est le fils de Raymond Astier, lui aussi âgé de vingt ans environ en 1945. Judith De Synth, depuis deux jours, rameute tout le village et ses environs pour en savoir plus sur cette histoire. Quant à Chemin, outre le fait d'être adjoint municipal et d'avoir un caractère de chien, il était avec moi lors de la découverte de la caisse.

— Le seul lien entre eux tous serait donc cette caisse ?

— Je ne vois pas autre chose. D'après les voisins, Andreani ne recevait jamais personne. Il faut dire que lui aussi était un personnage haut en couleur. C'était un râleur de première. Je tire mon chapeau à madame Piesgasse d'être restée aussi longtemps à son service.

— La femme de ménage ?

Dulat opina du chef.

— C'est bien beau tout ça, souligna le flic en quittant sa chaise, mais je n'établis toujours pas de rapport entre le mort et moi, sans même parler d'un hypothétique lien entre la Seconde Guerre mondiale, le coffre et ma personne.

Dulat ne répondit pas, accompagnant Kobolsian dans son geste. Armelle se leva à son tour, dubitative.

— Eh bien, dit-elle, on se répartit la tâche pour les interroger ?

— Vous croyez comme la proc que notre assassin est parmi eux ?

La question de Dulat suspendit le temps quelques secondes. Kobolsian se frotta le menton d'une main sur sa barbe naissante.

— J'écarterai tout de suite le crime de rôdeur. Ce genre de meurtre est plutôt rare même s'il fait les choux gras des magazines à sensation. La victime connaissait son assassin et le mobile peut être cette caisse.

— Oui, mais la caisse est enfermée à la mairie et n'était pas la propriété d'Andreani, rétorqua Dulat.

— Cette caisse est sous clé, comme vous dites, mais son histoire appartient au village. Si on reprend les faits dans l'ordre : une caisse pleine de mystère réapparaît, met tout un village en ébullition, une réunion d'anciens de Saint-Ambrose tourne mal et l'un de ses principaux protagonistes meurt assassiné.

Un ange passa. Ils se distribuèrent ensuite les interrogatoires en se mettant d'accord sur le fait que le premier contact ne devait pas affoler les autres témoins. Dulat s'occuperait avec son collègue de Judith De Synth et de Christian Chemin. Victor et Armelle iraient rendre visite aux quatre autres invités.

Midi sonna. Douze coups que le clocher de Saint-Ambrose fit résonner à travers ses rues et ses ruelles. Kobolsian regarda sa montre puis prit son portable. Il s'éloigna pour téléphoner, la peur au ventre.

15 septembre 1939

La guerre est là… La radio l'a annoncé toute la journée. Au village, les hommes se préparent à être mobilisés. Des anciens se souviennent de 14-18. Très peu sont revenus. Des veuves et des mères pleurent encore. Moi, je ne veux pas pleurer mon Elzéar. Heureusement, il a à peine dix-sept ans et ne sera pas obligé de partir.

Depuis plusieurs mois, je me suis rapprochée de mon bien-aimé. Nous avons même, à plusieurs occasions, pu converser. Au début, ce n'était que des banalités d'usage sur la pluie trop rare en cette saison, la fraîcheur du petit matin, la bonne rosée qui se répand entre les pieds des oliviers… Un jour, il m'a offert une pomme et un verre d'eau alors que je passais chez lui. J'avais fait un sacré détour pour avoir une chance de le rencontrer. Il faisait une chaleur à cuire les cigales. Quand je suis arrivée devant sa maison, j'étais écarlate. Elzéar venait de rentrer les moutons et je crois que ma drôle d'allure l'a ému. J'ai mangé ma pomme et bu mon verre, assise sur une chaise à l'ombre de la tonnelle. Debout, appuyé contre le puits, tout près, il était là devant moi, rien que pour moi. Dieu qu'il est beau, encore plus beau que lorsque je l'épie, cachée dans les bosquets. J'ai croqué dans cette pomme comme dans un fruit défendu. Jamais un fruit ne m'a paru aussi délicieux. Discrètement, j'ai glissé quelques pépins dans ma poche avec le secret espoir qu'un jour je les planterais. Qui sait si dans trente ans l'ombre d'un pommier ne protégera pas notre amour ?

22

— Comment va Léa ?

Armelle s'était approchée de Victor, dès qu'elle l'avait vu raccrocher. Elle avait attendu une bonne minute avant d'engager la conversation, histoire qu'il retrouve ses esprits, qu'il évacue de ses pensées cette chambre d'hôpital où sa femme oscillait entre la vie et la mort.

— Pas mieux.

— Tu veux manger un morceau ? demanda-t-elle en lui tenant le bras.

— Je ne sais pas ce que je veux, râla-t-il plus pour lui que pour Armelle. Ou plutôt, si, je sais parfaitement ce que je veux : être auprès d'elle et pas à courir après un gus qui tue de sang-froid et me mouille dans l'affaire.

— On va s'activer, Victor. C'est dans notre intérêt. Nous sommes assez nombreux pour ne pas traîner en route.

Kobolsian passa sa main sur son visage, tentant en vain d'effacer sa fatigue et d'éponger sa sueur.

— T'as raison, allons grignoter.

Le village n'offrait pas mille possibilités pour se restaurer, en pleine saison ou même hors saison. Le café de la place leur proposa un sandwich aux rillettes et une part de tarte aux pommes. Ils ajoutèrent à ce festin de roi deux verres de rosé des coteaux d'Aix. Armelle grimaça à la première gorgée. Kobolsian sourit.

— Un vrai piège à touristes, ce bon petit rosé de Provence, non ?

Le sandwich ne valait guère mieux mais il leur permit de faire une pause, la première de la journée. Ils mangèrent en silence.

Armelle se perdit en pensée dans les méandres de son divorce, douloureux et imprévu. Elle se remémorait un moment heureux de son union avec Paul, son mari, ou plutôt son ex-mari. Elle tentait de s'accrocher à ce qui avait été sa vie d'avant, avant qu'il ne la plaque. A cet instant précis, à la quatrième ou cinquième bouchée, elle était sur une plage aux Maldives, serrant dans ses bras celui qui venait tout juste de l'épouser et qui lui promettait d'être à elle jusqu'à la fin de ses jours. Belle arnaque !

Retranché lui aussi dans ses rêveries, Kobolsian se voyait dans la chambre de l'hôpital, écoutant le monitoring, cette petite musique faite d'une seule note, rythmer la vie de sa femme.

Devant lui, des touristes déambulaient avec l'édition spéciale du journal sur la fameuse découverte. Une photo avec l'emblème nazi en gros plan et ce titre racoleur : « La caisse du IIIe Reich ». Kobolsian les suivit du regard, distraitement.

Ils terminèrent leurs sandwichs. Armelle partit régler l'addition au comptoir. Kobolsian se leva, s'épousseta, offrant ainsi quelques miettes aux pigeons de la place.

— On commence par qui ? demanda la jeune flic en remettant la monnaie dans sa poche.

Il haussa les épaules.

— Elisabeth Siromin ? proposa-t-elle, en voyant le peu d'entrain que mettait Victor à faire son choix. Elle loge juste au-dessus, à l'hôtel.

Kobolsian tourna la tête vers un bâtiment et une vieille enseigne sur laquelle devaient briller, il y a très longtemps, deux étoiles.

— Victor, tu veux bien revenir parmi nous ? Tu le dis toi-même, plus tôt on aura fini, plus tôt tu retrouveras Léa.

Le flic la regarda, sourit et fit semblant de se remettre les idées en place en remuant la tête.

— Allez, on y va, dit-elle en prenant les devants.

Elisabeth Siromin était descendue dans l'unique hôtel de Saint-Ambrose à quelques dizaines de mètres de l'unique restaurant du village. Dans ce qui servait de hall d'accueil, un jeune homme au look improbable faisait office de concierge. Il ne leva pas la tête quand les deux flics entrèrent. Pas un seul regard non plus lorsqu'ils s'arrêtèrent devant lui. D'un geste mécanique, il mit un trousseau de clés sur le comptoir, persuadé de l'identité du couple qui arrivait. Kobolsian soupira en lâchant un « Police » qui fit sortir de sa torpeur un post-ado fatigué avant l'heure.

— Mouais, dit le jeune homme en daignant les regarder enfin non sans avoir déplacé sa mèche de cheveux sur la gauche pour découvrir ses interlocuteurs.

— Madame Siromin, s'il vous plaît.

L'apprenti concierge fit semblant de chercher dans un registre qui ne tenait qu'avec un élastique détendu.

— Chambre 12.

Deux mots et les flics purent contempler à nouveau le haut de son crâne.

Armelle eut envie de le secouer mais Kobolsian lui signala de la main de laisser tomber. Ils suivirent un petit panneau leur indiquant la direction, au fond du couloir, des chambres 1 à 12.

Tout ici était vieux et sentait le vieux. Les tapisseries dans le couloir montant aux chambres se décollaient un peu partout et à certains endroits des scènes de chasse jaunies s'effaçaient presque. Une odeur lourde de moisi les accompagnait, ce qui donna le bourdon à la jeune flic. Comment des établissements pareils pouvaient-ils encore exister ? Elle secoua la tête, effarée. Kobolsian ne semblait pas gêné et se dirigea avec détermination vers le numéro 12.

Une vieille dame leur ouvrit la porte, surprise de voir la police se déplacer jusque-là.

— Vous venez pour cette histoire de caisse ? interrogea-t-elle froidement.

— Pourquoi ? Nous devrions ?

Elisabeth Siromin eut un temps d'arrêt, se demandant si elle n'en avait pas trop dit, raide au beau milieu de sa chambre exiguë et vieillotte. Armelle la regarda et s'étonna de l'admirer. Elisabeth Siromin était grande, à l'allure altière. Ses cheveux blancs peignés en arrière ne la vieillissaient pas, bien au contraire, ils lui donnaient une prestance venue d'un autre âge. Armelle aurait pu dire que cette femme était belle, même à plus de quatre-vingts ans. La beauté n'est pas l'apanage de la jeunesse.

De son côté, Kobolsian observa aussi la vieille femme, mais son examen fut sans appel : il ne l'avait jamais vue.

— Connaissez-vous monsieur Andreani ? demanda la jeune femme en saisissant son calepin dans la poche arrière de son pantalon.

Elisabeth Siromin la dévisagea puis revint à Kobolsian. Toujours aussi raide, vêtue de noir, elle collait parfaitement au décor suranné de cette chambre, un véritable voyage dans le temps.

— Si l'on veut, répondit-elle sans lâcher du regard le flic qui inspectait la pièce d'un coup d'œil.

Il n'y avait pas grand-chose à voir. Juste une valise posée sur un trépied. Un roman d'Agatha Christie avait rejoint la lampe de chevet sur une table de nuit bancale. C'était à peu près tout.

— Pouvez-vous préciser ?

Kobolsian laissa sa collègue mener la conversation.

— Je suis née à Saint-Ambrose, mademoiselle, comme Andreani. Faisant partie des derniers d'une génération presque entièrement disparue, comme lui, oui, je peux dire que je le connais, mais pas plus que cela.

— Pourtant vous étiez chez lui hier soir.

Ce n'était pas une question mais une affirmation qui troubla Elisabeth.

— Est-ce un crime ?

Kobolsian prit la parole.

— Madame Siromin, nous n'allons pas tourner autour du pot et j'espère que vous non plus. César Andreani a été assassiné hier soir, certainement juste après votre petite sauterie. Nous savons qui était présent chez lui. Alors on ne va pas jouer au plus fin, ni se faire des ronds de jambe. Pour l'instant vous faites partie des suspects potentiels, donc je vous écoute.

La vieille dame rougit. Ses yeux bleus se plissèrent. Armelle vit qu'elle cherchait sa respiration et craignit un moment qu'elle ne s'effondre. Cet état de trouble ne dura pas longtemps. Elisabeth redevint madame Siromin. Elle ne cilla pas à l'annonce de la mort d'Andreani. Armelle crut voir un sourire se dessiner au coin de ses lèvres, mais il disparut aussi rapidement qu'il était apparu.

— J'étais bien chez César hier soir. Je ne vous ferai pas l'affront de vous dire qui était présent puisque vous le savez déjà.

— Peut-on connaître la raison de votre venue à Saint-Ambrose ?

— Un vieux souvenir qui vient de resurgir du passé.

— Vous voulez parler du coffre ?

— Exactement. César nous a demandé de venir dès qu'il a su pour cette caisse.

— Pourquoi ? fit Kobolsian.

— Il voulait que l'on se souvienne.

Un silence pesant s'installa dans la petite chambre, rompu par des rires d'enfants jouant dehors. Elisabeth regardait au loin par la fenêtre, bien au-delà de la place et des arbres presque centenaires, des jeux d'enfants et de l'agitation du moment.

— Avez-vous tué monsieur Andreani ?

Armelle posa la question de façon abrupte et ce, volontairement. Elle cherchait à déstabiliser Elisabeth même si au fond d'elle-même, elle ne la croyait pas coupable. Mais il ne fallait jamais se fier aux apparences. Dans cette enquête, trois des six personnes présentes avaient plus de quatre-vingts ans. Malgré cela, elles ne devaient être écartées ni en tant que témoins ni en tant que suspects. Armelle avait eu affaire une fois dans une maison de retraite à un vieil homme bien sous tous rapports et meurtrier de son voisin de chambre pour une seule et bonne raison à ses yeux : l'homme ronflait et cela lui était insupportable.

Elisabeth ne réagit pas plus que cela à la question.

— Si je vous dis que j'aurais aimé le faire, cela fait-il de moi une meurtrière ?

— Non, bien sûr.

— Andreani était, pour utiliser votre langage, une belle saloperie, et, croyez-moi, je ne le pleurerai pas. A votre question, je répondrai tout simplement : non, je ne l'ai pas tué.

— Qu'avez-vous fait après cette soirée ?

— Je suis rentrée à mon hôtel, notre charmant concierge vous le confirmera. Il s'est trompé de clé et j'ai été obligée de revenir à l'accueil pour récupérer la bonne. Je crois que je l'ai passablement agacé.

— Pouvez-vous nous en dire plus sur cette caisse ?

Tout en parlant, Kobolsian ratura une ligne sur son carnet.

— Pas beaucoup plus, elle a brisé ma vie il y a soixante ans. Elle revient aujourd'hui et Andreani meurt. Il y a donc une justice.

— Que voulez-vous dire par briser votre vie ?

Elisabeth Siromin ne répondit pas.

— Vous savez ce qu'elle contient ? renchérit Kobolsian.

— Non, personne ne l'a su à l'époque ou peut-être n'a-t-on pas voulu me le dire.

— Et aujourd'hui ?

— Pas plus qu'hier. Andreani ne m'a rien révélé. Le savait-il lui-même ?

Elisabeth Siromin s'assit sur le bord de son lit. Manifestement cet entretien l'avait fatiguée. Kobolsian s'en rendit compte et décida d'abréger leur conversation.

— J'imagine que vous restez quelques jours, madame Siromin ?

— Ai-je le choix, capitaine ?

— Non, madame, mais à un moment ou un autre il faudra nous en dire un peu plus.

Le regard de la vieille femme se planta dans celui de Kobolsian et ne le lâcha qu'une fois la porte fermée. Dans la solitude et le calme tout relatif de sa chambre, Elisabeth pleura en pensant à ce passé, à cette nuit où ses rêves avaient été brisés par la faute et la cupidité d'Andreani et des autres. Mille fois elle avait souhaité qu'ils meurent. Parmi les larmes, un sourire se dessina quand elle songea que l'un était mort et que l'autre ne valait plus grand-chose. Un vieux légume bientôt crevé.

23

Dulat sut rapidement que Chemin était dans le bureau du maire, comme il apprit également que Judith De Synth avait ouvert un point presse dans les locaux de la mairie, qui pour l'instant ne recevait que des touristes perdus à la recherche du lac et de son trésor. Au départ, elle ne s'en formalisa pas et donna deux ou trois renseignements à quelques ventripotents en short après leur avoir expliqué de long en large qu'ils se trouvaient dans une salle de presse où, bientôt, la fine fleur du journalisme national et même international se dépêcherait de venir et de récupérer des informations de premier choix. Dulat s'en amusa. D'après ses renseignements, personne n'était descendu de Paris ou d'ailleurs pour cette histoire de caisse. A peine si les rédactions avaient appelé, il y a deux jours, la gendarmerie et la mairie. Puis une sombre affaire de mœurs avait éclaté dans le milieu du football et la caisse avait rejoint les lignes des faits divers, tout en bas. Le meurtre d'Andreani n'avait pas relancé la machine.

La patience de Judith De Synth eut ses limites assez rapidement. Au troisième couple, elle explosa et les envoya balader.

Dulat ne se fit pas annoncer, la secrétaire était bien trop occupée à colporter toutes sortes de ragots.

Loubeyrac et Chemin ne s'étonnèrent pas de voir arriver le major. Chemin, presque soulagé, se leva. Loubeyrac, derrière son bureau, sourit tristement au gendarme, d'un air résigné.

— A vos têtes, je devine que vous savez pourquoi je suis là, n'est-ce pas, Chemin ?

Dulat ne tourna pas autour du pot. Avec un gars comme Chemin, c'était la plus mauvaise voie à prendre. Aujourd'hui l'homme n'affichait pas l'arrogance de ses bons jours. Autour du lac c'était un cador qui roulait des mécaniques et qui ne s'était pas gêné pour envoyer bouler le major. Mais il savait que l'impertinence ne serait pas un choix judicieux. Surtout quand on fait partie des témoins voire des suspects dans une affaire de meurtre. Cette réalité lui glaça le sang. Il blêmit.

— Monsieur le maire, je vais vous demander de nous laisser. J'ai deux ou trois points à éclaircir avec monsieur Chemin.

Loubeyrac quitta son fauteuil et invita le major à prendre sa place. Dulat déclina l'invitation.

Une fois seuls, le gendarme s'assit sur le bord du bureau, face à Christian Chemin dans ses petits souliers.

— Bon, Christian, nous ne sommes pas ici pour jouer au chat et à la souris. Je sais que vous étiez hier soir chez Andreani. Je vous écoute.

Chemin, mal à l'aise, se trémoussa sur sa chaise. Dulat alla ouvrir la fenêtre, tentant de faire entrer un peu d'air frais.

Chemin se passa la main dans les cheveux avant de se lancer. Il se racla la gorge.

— Andreani m'a téléphoné le lendemain de notre découverte. Il semblait passablement énervé. Il m'a posé des tas de questions sur la caisse. En fait, à travers toutes ses interrogations, il me l'a parfaitement décrite.

— Il l'avait vue lors de notre arrivée au village !

— Oui, enfin non, les détails, sa façon de parler de ce coffre m'ont persuadé qu'il l'avait déjà vu.

— Avant nous ?

— Oui, soixante ans plus tôt. Il s'énervait comme un beau diable à chaque fois que j'en rajoutais. A tout bien réfléchir, je crois qu'il était fou de rage d'être passé à côté de la caisse pendant toutes ces années. Et dire qu'elle était là, sur l'île, sous ses yeux !

— Vous pensez qu'il savait ce qu'elle renfermait ?

— Bien sûr, d'après ce que j'ai compris, il l'avait ouverte à l'époque avec ses camarades, c'est même eux qui ont ajouté ces chaînes.

— Vous a-t-il dit ce qu'elle contenait ?

— Pas vraiment, j'ai entendu parler d'or et de billets de banque. En fait, je suis arrivé en retard à sa soirée. Andreani m'avait demandé de passer sans m'en dire plus. A l'intérieur, l'ambiance était lourde.

Je suppose que vous connaissez le nom des autres invités ?

— Je vous laisse le soin de me le dire, je pourrai ainsi vérifier la véracité de mes informations.

Chemin soupira mais s'exécuta. Il avait envie de rentrer chez lui au plus vite. Il ne se reconnaissait plus, mais être dans la peau d'un suspect pouvait vraiment modifier votre comportement.

— Andreani avait fait venir trois anciennes du village, les sœurs Trévor et Elisabeth Siromin. Sylvain Astier, le fils de Raymond.

Dulat reprit un papier sur lequel il avait écrit la liste des participants.

— Je garde le meilleur pour la fin : Judith, notre journaleuse.

Satisfait, le gendarme replia la feuille pour la fourrer dans la poche de son pantalon.

— Vous allez peut-être pouvoir me dire ce que vous vous êtes raconté ?

Chemin se passa à nouveau la main dans les cheveux. Il avait chaud et ruisselait à grosses gouttes.

— Je vous l'ai dit, je suis arrivé le dernier et les esprits étaient déjà bien échauffés. Astier et Andreani s'engueulaient à propos de cette caisse. Le vieux bonhomme semblait seul face à tous les autres. Judith noircissait des pages et des pages. Ma présence n'a rien arrangé. Vous me connaissez, je ne suis pas du genre patient. Ils ont voulu finasser et moi j'ai rué dans les brancards. Astier m'a gueulé dessus et je lui ai renvoyé l'ascenseur. Si Elisabeth n'était pas intervenue, je crois qu'on aurait pu se battre.

— Pour quelle raison en êtes-vous arrivés là ?

Dulat sourit. Le caractère de Chemin n'était un secret pour personne. Il était imbuvable et on ne comptait plus à Saint-Ambrose les occasions où il avait failli en venir aux mains.

— Je n'en sais rien, et je vois que cela ne vous surprend pas, mais, major, on ne se refait pas.

— Vous ne m'avez toujours pas dit pourquoi Andreani vous a fait venir hier soir. Vous êtes un peu jeune pour avoir connu la caisse il y a soixante ans, non ?

Chemin ne répondit pas tout de suite. Il jouait nerveusement avec un trombone oublié sur le bureau.

— Andreani n'y est pas allé par quatre chemins. Je n'avais pas mis les pieds chez lui depuis cinq minutes qu'il m'a demandé de voler la caisse. J'étais d'après lui le mieux placé pour la dérober.

Dulat se raidit. Le temps d'assimiler ce que Chemin venait de lui confier.

— Les autres ont eu la même réaction que vous. Un long silence. Même Judith a cessé d'écrire. Vous auriez vu la mine satisfaite d'Andreani. Il triomphait.

— Comment ont-ils réagi après ?

— Les femmes se sont opposées à cette idée, tout comme Astier qui était toujours le plus remonté. Judith jubilait dans son coin.

— Et Andreani ?

— Son sourire s'est vite effacé. Il a tapé du poing sur la table. Il était hors de lui. Vous auriez vu son visage. A deux doigts de faire une apoplexie.

— Pourquoi ?

— Je vais faire court. Il y a soixante ans, ils se sont battus pour cette caisse, alors aujourd'hui il estimait qu'elle devait lui revenir. Pas plus de légitimité que cela. Croyez-moi, avec vingt ans de moins, il serait passé à l'acte.

— Et vous avez accepté ?

Au tour de Chemin de suspendre le temps.

— Vous êtes sérieux ?

Dulat ne répondit pas. Il se contenta de fixer l'homme, sans lui laisser aucune échappatoire. Chemin, depuis le début, avait perdu de sa superbe mais l'insinuation du gendarme lui redonna du mordant.

— Nom de Dieu de nom de Dieu, Dulat, vous êtes sérieux ? Tant que vous y êtes, vous n'avez qu'à dire que j'ai tué ce pauvre bougre.

Dulat resta muet, au grand dam de Chemin devenu rouge pivoine. Et la chaleur n'y était pour rien. Il se leva d'un bond. Dulat fit de même. Les deux hommes se firent face.

— Asseyez-vous immédiatement. Je n'accuse personne pour l'instant. Je cherche juste à comprendre ce qui a pu se passer ici, avant le meurtre et surtout après. Que vous le vouliez ou non, vous étiez bien présent, si je ne me trompe ?

Chemin soupira puis reprit sa place. Il tremblait un peu.

— Ecoutez, major, j'ai peut-être un caractère de chien mais j'suis pas un mauvais bougre. Jamais j'irais tuer un gars.

— Même pour de l'argent ?

Chemin secoua la tête.

— Même pour tout l'or du monde !

— Que s'est-il passé ensuite ?

— La tension est montée d'un cran. Astier était fou de rage. Elisabeth a été la première à partir. Les sœurs Trévor n'ont pas tardé à suivre son exemple. Judith n'arrêtait pas de demander à Andreani s'il y avait de l'or dans cette fichue caisse. Andreani a explosé et expliqué que s'il n'avait pas la caisse au plus vite, il dirait tout sur sa véritable histoire. Je suis parti à ce moment-là. Derrière moi j'ai entendu hurler Sylvain. Il a claqué la porte à son tour. La dernière fut Judith mais, vous la connaissez, quand elle peut tirer son épingle du jeu, elle ne s'en prive pas.

— Etes-vous revenu voir Andreani ?

— Non. J'ai appris la nouvelle ce matin comme tout le monde.

Dulat arpenta de long en large le bureau. Chemin, à présent pâle comme un linge, sentait qu'il n'avait que sa bonne foi à offrir, garantie bien mince face à un meurtre. Le major faisait son boulot : il se devait de mettre Chemin dans le panier des suspects.

— Ma femme vous dira qu'une fois rentré chez moi, je ne suis pas ressorti.

Dulat ne voulut pas enfoncer le clou en lui expliquant que la parole de sa femme ne pèserait pas très lourd si jamais Chemin avait caché un quelconque indice. Le gendarme avait tout de même le sentiment que Chemin était au mauvais endroit au mauvais moment. Il jubilait de voir qu'il avait vaincu son arrogance et sa suffisance. Il l'avait à sa botte et pour longtemps. Pourtant il n'en profita pas davantage. La lumière commençait à se faire sur cette étrange réunion de la veille. Il était persuadé qu'une partie de la vérité avait été révélée avant que Chemin arrive.

Judith De Synth devenait une des pièces maîtresses du drame. Dulat comprenait maintenant que le passé, cette caisse et ce meurtre étaient liés. Restait à savoir pourquoi et comment. Les liens entre tous les protagonistes de l'affaire étaient encore écrits en pointillé. Il regarda sa montre. Logiquement le flic et sa collègue devaient avoir terminé leur premier interrogatoire.

— Réfléchissez, Chemin, à tout ce que vous avez vu et entendu hier soir. Si jamais vous aviez omis un détail, n'attendez pas d'être au pied du mur pour me le dire. On se rend rarement compte quand il est trop tard.

Chemin, mal en point, s'immobilisa et ne put rendre son sourire à Dulat.

Le gendarme le salua d'un mouvement de tête. A l'étage au-dessous l'attendait Judith De Synth. Il ne doutait pas un instant que l'affrontement serait rude, mais cela n'était pas pour lui déplaire. Remettre à sa place cette pimbêche, comme il venait de le faire avec Chemin, serait une partie de plaisir. Il s'accorda deux petites minutes pour tenir Kobolsian au courant des aveux de Chemin.

1er octobre 1939

La guerre est partout. Et Elzéar piaffe d'impatience. Il veut aller se battre. Je le vois de plus en plus souvent. Il m'offre gentiment de l'eau et des fruits quand je passe devant chez lui. Nous en profitons pour parler. En fait c'est moi qui l'écoute la plupart du temps. Qu'il est beau quand il me raconte le monde !

L'autre jour, nos mains se sont touchées. Je venais de renverser le fond de mon verre d'eau. J'ai rougi et voulu le rattraper. Elzéar a été rapide mais ma main a contrarié son geste. Nos doigts se sont rejoints alors que le verre se cassait au sol. Qu'il fut bon ce moment où sa peau chaude se colla à la mienne ! Nous avons ri comme des gamins.

Puis ses amis sont arrivés.

Je n'aime pas ces gens-là. Je les voyais en général le dimanche à la messe et j'avais toujours le droit à une grimace ou bien à un geste déplacé. César Andreani est le pire de tous. Il est hargneux et méchant. Raymond Astier est un mouton, qui le suit bêtement.

Comment Elzéar peut-il être ami avec ces gens ?

Quand Andreani m'a vue, il a presque craché au sol. Il a osé demander ce que je faisais là. Elzéar lui a répondu que ce n'était pas ses affaires. J'avoue avoir été fière qu'il me défende de la sorte. Je suis partie quelques instants après, tenant contre mon cœur cette main encore marquée par l'empreinte invisible de la sienne.

24

Les sœurs Trévor habitaient, d'après les renseignements donnés par la gendarmerie, deux rues au-dessous de la place du village. Plusieurs centaines de mètres à parcourir dans les ruelles de Saint-Ambrose dont l'ombre n'offrait plus qu'une illusion de fraîcheur. Armelle souffrait en silence de cette chaleur et avait ôté sa veste, dévoilant aux passants son arme, plaquée sur son dos en sueur. Victor ne s'était pas dévêtu et transpirait à grosses gouttes. S'en rendait-il seulement compte ? En descendant de la chambre d'Elisabeth Siromin, ils étaient allés se faire confirmer son alibi. L'apprenti concierge avait mâché deux ou trois mots et répondu de mouvements de tête quasi imperceptibles que, oui, la vieille dame était bien venue le voir et que, non, on ne pouvait pas sortir d'ici par l'arrière du bâtiment.

— Elisabeth Siromin a suffisamment de ressentiment et de haine envers Andreani pour être une meurtrière potentielle, fit Armelle en cherchant du regard le panneau mentionnant le nom de la rue dans laquelle ils s'étaient engagés.

— Mais elle a aussi à sa décharge de s'être trouvée à l'hôtel à l'heure du crime.

— Pas de possibilité de ressortir sans être vue. Pour l'instant, témoin mais plus suspecte.

— Une chose est certaine, tout est lié à cette caisse. Madame Siromin ne nous dit pas la vérité.

— Tu crois à un règlement de comptes soixante ans plus tard ?

— Qui sait ? Comme par hasard on exhume une caisse nazie et les vieux du village reviennent à la charge. Qui plus est, celui qui a tout d'un chef de bande meurt assassiné.

— Reste à comprendre pourquoi on t'a mis dans ce panier de crabes. Madame Siromin ne paraissait pas te connaître à première vue.

— Je déteste être la cerise sur le gâteau.

— Surtout si celui-ci sent le soufre.

— Pour rester dans le culinaire, ce gâteau, comme tu dis, a été mis au four dans les années quarante, pas sûr qu'il soit très frais.

— En tout cas, certains ont encore du mal à le digérer.

Kobolsian sourit puis revint à l'affaire.

— Pourquoi vouloir me faire jouer un rôle dans cette histoire ? Je ne vois pas le rapport entre la Deuxième Guerre mondiale et moi.

— Tes parents ? Grands-parents ?

— Pas ici. Je te l'ai déjà dit, ma famille est originaire d'Auvergne, rétorqua Kobolsian d'un ton sec.

Armelle ne se laissa pas marcher sur les pieds et répliqua tout aussi fort.

— Cool, mon vieux, excuse-moi de ne pas savoir par cœur ta généalogie. J'ai déjà du mal avec les rois de France.

Victor se radoucit.

— Pardonne-moi...

Il n'acheva pas sa phrase. Armelle comprit pourtant et souffrit pour son ami. Le portable de Kobolsian sonna. Le flic faillit avoir un malaise mais, quand il entendit la voix de Dulat, son rythme cardiaque ralentit. La conversation ne dura pas.

— Tu ne devineras jamais ce que Chemin leur a dit.

— Il a avoué ?

— Non. Andreani ne l'a fait venir que pour une seule chose.

— Et ?

— Il voulait que Chemin vole la caisse.

Armelle resta sans voix. Décidément, les vieux de Saint-Ambrose étaient pleins de ressource. Kobolsian accéléra.

— Si toute cette histoire remonte à plus de soixante ans, continua-t-il, qu'est-ce que je viens foutre là-dedans ?

Armelle se contenta de hausser les épaules.

— L'avenir nous le dira.

— Ou pas, conclut le flic en sonnant à la porte des sœurs Trévor.

Armelle ne put répondre à cette remarque défaitiste. Devant eux une autre vieille dame, l'aura de madame Siromin en moins, le regard mauvais en plus.

— Que voulez-vous ? fit la femme en entrouvrant à peine sa porte.

Peu importe qui ils étaient, songea Armelle, cette vieille pie devait se comporter ainsi avec tout le monde.

— Police ! cria presque Kobolsian pour la mettre au pas.

Il lui colla sous le nez sa carte, posa son pied dans l'embrasure de la porte pour éviter qu'elle ne la leur claque au nez. Derrière lui, Armelle leva sa carte d'un geste brusque. Leur mise en scène eut l'effet escompté sur la pauvre femme qui recula, la main droite sur la poitrine, la gauche devant la bouche. Kobolsian profita de cette retraite pour prendre le dessus. Dire que la maison sentait le renfermé était un doux euphémisme. Armelle grimaça. Que ce soit à l'hôtel ou ici, le temps avait marqué les lieux en laissant des traces indélébiles. La femme les dirigea vers ce qui était une cuisine au confort plus que spartiate. Un évier de taille minuscule au-dessus duquel un robinet hors d'âge gouttait, un vaisselier brinquebalant à la peinture écaillée, une gazinière dont le four n'avait pas dû réchauffer un plat depuis des décennies, une table en formica bancale cernée par trois chaises dépareillées, et au mur des reproductions blanchies par la poussière et de longues années dans l'obscurité. Une fenêtre au-dessus de l'évier donnait sur la ruelle par laquelle ils étaient arrivés et n'offrait guère de lumière.

Dans ce décor de désolation, deux vieilles femmes se tenaient debout. Armelle ne distingua pas tout de suite la deuxième, en retrait dans un recoin sombre de la pièce.

— Voici Solange, grinça la première quand elle se rendit compte que les deux policiers avaient découvert la présence de sa sœur.

Armelle eut l'impression que ce préambule obligatoire incommodait leur hôtesse.

— Et vous êtes Suzanne Trévor, dit Victor Kobolsian en rangeant sa carte de police.

La vieille dame acquiesça d'un mouvement de tête sec. Solange sortit de l'ombre dans un mouvement mécanique et tendit la main au capitaine. Surpris, il mit quelques secondes avant de réagir. Puis elle se dirigea vers Armelle et réitéra son geste. Un joli sourire était peint sur ce visage ridé. Elle avait du charme et avait dû être dans sa jeunesse une très belle femme.

— Cherchez pas, lâcha Suzanne Trévor d'un ton sans appel, ma sœur ne parle pas. Elle a toujours eu une case en moins. C'est mon bâton merdeux, hein, Solange ?

Celle-ci répondit par un grand sourire. Toujours le même.

Armelle fut choquée par cette introduction violente. Suzanne Trévor passa à autre chose. Sa sœur n'était pour elle qu'un meuble, un élément de décoration qu'elle avait fini par mettre au second plan après des années de souffrance et de quasi-haine.

— Alors ?

Un seul mot, avec une hargne retrouvée. Solange fit trois pas en arrière, le visage toujours radieux. Elle ne s'occupait pas de sa sœur mais passait de Victor à Armelle, pour finir par se concentrer sur le flic et ne plus le quitter des yeux. Kobolsian réfléchit avant de répondre. Face à lui, deux dames âgées qu'il ne connaissait ni d'Eve ni d'Adam. Il aurait aimé se dire « mais bien sûr je les connais », avoir un éclair de génie qui dissiperait les mystères de l'enquête et ouvrirait une brèche dans cet imbroglio. Mais non, devant lui, deux femmes au visage inconnu, dont l'une avait tout du pitbull enragé.

— Alors ? répéta Suzanne Trévor un ton plus haut.

Kobolsian prit une profonde respiration avant d'exploser.

— Vous vous asseyez et vous la fermez une bonne fois pour toutes.

La voix puissante de Kobolsian eut l'effet escompté. Suzanne Trévor se raidit de surprise puis se dirigea vers la table de la cuisine, tira une chaise et s'assit. Solange sursauta mais ne se départit pas de son sourire. Armelle l'invita à prendre place à côté de sa sœur. Celle-ci soupira quand elle vit Solange garder son air béat malgré les cris du policier.

Les avant-bras posés sur la table, les mains jointes, Kobolsian fixa longuement Suzanne puis Solange. Un instant il eut l'impression d'avoir déjà croisé le regard de cette dernière mais le mirage ne dura pas. Suzanne se trémoussa sur sa chaise, contrariée d'avoir été remise à sa place de la sorte et inquiète de la présence des deux policiers.

— J'imagine que vous connaissez la raison de notre visite ? demanda Kobolsian d'une voix plus douce.

Solange Trévor tourna la tête vers sa sœur. Son sourire s'effaça pour la première fois, un visage dur apparut. Armelle en fut surprise. Kobolsian ne s'y arrêta pas. Il attendait que Suzanne réponde à sa question.

— Vous voulez parler de la caisse ? dit la vieille dame en faisant semblant de jouer avec des miettes imaginaires sur la nappe en plastique usé.

— Disons que cette caisse fera partie de notre conversation. Mais je ne pensais pas à elle pour l'instant, même si elle est vraisemblablement la cause d'un meurtre.

Suzanne posa son regard sur le flic puis le dévia vers Armelle. Solange avait pris une autre position et semblait fixer un point sur une tapisserie sale.

— C'est Andreani, n'est-ce pas ? demanda Suzanne d'une voix de moins en moins assurée.

— Exactement.

— Une voisine est passée, il y a un petit quart d'heure. Elle nous a dit qu'il avait été assassiné. Est-ce vrai ?

— Et bien sûr vous ne lui avez pas dit qu'hier soir vous étiez chez lui ?

Suzanne eut un petit mouvement de recul sur sa chaise, surprise. Si les policiers étaient chez elles aujourd'hui, ce n'était pas seulement pour parler de cette fichue caisse. Elle regretta d'être venue si vite avec sa sœur après le coup de fil d'Andreani. Elle aurait dû attendre. Qu'importe l'histoire que tenait à leur raconter le vieux bonhomme. Elles n'étaient pas concernées, même si elles avaient tenu un rôle à l'époque. Mais Andreani se comportait comme avant, avec autorité ; il les avait sommées de venir sur-le-champ et bêtement elle s'était exécutée, sa sœur sous le bras. Retrouver Saint-Ambrose après des années d'absence, habiter cette maison que ni l'une ni l'autre n'appréciaient sans avoir le courage de la mettre en vente, fut une épreuve, tout comme revoir César et Elisabeth. Astier n'était pas là mais Sylvain était son portrait tout craché, le même caractère, la même façon de s'emporter. Astier et Andreani formaient à l'époque une sacrée paire.

Suzanne se passa une main sur le front.

— Vous vous doutez bien, madame Trévor, que notre présence n'est pas due au hasard. On ne se serait pas déplacés pour une simple relique.

— Ne dites pas ça, monsieur...

— Capitaine, corrigea-t-il.

Il tenait à border cet interrogatoire et faire comprendre à son interlocutrice que l'autorité c'était lui.

— Pardon, capitaine, mais je ne suis pas vraiment au fait des grades de la police ou de la gendarmerie.

— Ce n'est pas grave, la rassura-t-il, nous avons autre chose à faire que de nous formaliser.

Pourtant tu m'as remise à ma place, songea Suzanne qui avait une envie folle de les jeter dehors mais qui se refrénait. Solange ne l'aidait pas, mais l'avait-elle jamais aidée ?

— Capitaine, cette caisse a détruit la vie de certains d'entre nous en 1943. Les Allemands ne nous ont rien épargné.

Kobolsian ne tenait pas à s'aventurer sur le chemin cahoteux d'un passé sombre.

— J'admets, madame Trévor, que vous avez pu vivre des heures difficiles pendant la guerre mais nous devons nous focaliser sur le présent et sur l'assassinat de monsieur Andreani.

La vieille femme acquiesça d'un petit mouvement de tête. Solange était revenue parmi eux, son corps se balançant lentement d'avant en arrière. Armelle se sentait mal à l'aise, assise à côté d'elle, ne sachant pas si elle devait à chaque fois lui retourner son sourire.

— Vous vous êtes donc rendues hier soir toutes les deux chez Andreani.

— Exactement, capitaine, et vous devez connaître la raison de notre venue.

— La caisse.

— Qu'est-ce que je vous disais ! Tout tourne autour d'elle comme en 43.

— Ne me faites pas dire ce que je n'ai pas dit, madame Trévor. Je sais parfaitement que sans cette découverte, vous n'auriez jamais remis les pieds à Saint-Ambrose. Je cherche à comprendre ce qui a bien pu se passer chez Andreani, alors que vous étiez tous ensemble.

— Nous avons remué ce que communément tout le monde appelle la merde.

Armelle fut stupéfaite de la réponse de Suzanne Trévor. La vieille dame était directe, chose plutôt rare. Mais elle était également difficilement gérable. Une forte personnalité forgée au fil du temps, certainement endurcie par la difficulté de cohabiter avec une sœur handicapée.

— Andreani voulait nous parler du passé en nous expliquant qu'il était temps de remettre sur le devant de la scène la caisse et toute l'histoire.

— Et il me semble que vous ne le souhaitiez pas, souligna Armelle.

— Exactement. Andreani cherchait à nous faire souffrir, un point c'est tout.

— Pourquoi ?

Suzanne haussa les épaules. Elle comprit qu'elle avait trop parlé mais Kobolsian avait certainement dû interroger les autres.

— Souhaitiez-vous aussi voler cette caisse ?

La question de Kobolsian désarçonna Suzanne Trévor et rendit le sourire à Solange.

— Mais non, mais non, bafouilla Suzanne en rougissant.

— Racontez-moi le déroulement de la soirée.

Armelle laissa faire Kobolsian. Au moins pendant ce temps d'entretien, il ne pensait pas à Léa. Le vernis de Suzanne craquait : le vol et bientôt une suspicion de meurtre. Cocktail parfait pour la mettre à terre et réduire sa résistance naturelle.

La vieille dame se leva, proposa un peu d'eau. Le liquide coula lentement dans des verres encore poussiéreux. Cette pause permit à Suzanne de se calmer. Après tout, elle n'avait rien à se reprocher. Avec Solange, elles n'étaient que les témoins involontaires d'une époque lointaine. Et pourtant les images de ce passé étaient nettes comme si les événements s'étaient enchaînés la veille, la caisse, la fameuse soirée où tout s'était décidé, la mort de deux d'entre eux puis le départ précipité de Saint-Ambrose. La vie était ainsi faite qu'hier et aujourd'hui ne faisaient qu'un. Suzanne regarda ses mains fripées et tachées, elles qui avaient été si belles. Il fallait accepter son âge et se dire que la dernière ligne droite était déjà bien entamée.

Elle déposa sur la table quatre verres d'eau fraîche. Ils se servirent à tour de rôle. Solange prit le sien, y plongea l'index pour le ressortir aussitôt et se l'appliquer derrière l'oreille. Suzanne soupira en voyant sa sœur agir de la sorte devant des inconnus. Mais c'était pour elle un rituel lorsque la température dépassait le seuil du tolérable.

— Madame Trévor, pourriez-vous vous asseoir et nous parler d'hier soir ?

— Bien sûr, bien sûr, fit Suzanne.

Elle reprit sa place à la table.

— Je vous écoute.

— Comme vous le savez déjà, César a voulu que nous venions tous au village. Dès le lendemain de la découverte, en fait. Il ne nous a pas laissé le choix. Il a même été menaçant. Cela faisait des années que je n'avais pas eu de ses nouvelles. En fait depuis la fin de la guerre. J'avoue avoir été surprise de l'entendre à l'autre bout du fil. Et comme soixante ans auparavant, nous nous sommes exécutées. Les autres aussi. Vous auriez vu la tête d'Elisabeth quand nous avons passé le seuil de la maison. Elle n'aurait pas été aussi effrayée si elle avait vu des fantômes. Le fils d'Astier est arrivé juste après nous. Puis la journaliste, Judith quelque chose et en dernier Chemin. Solange n'était pas dans son assiette. Trop d'émotions fortes.

Kobolsian regarda la sœur de Suzanne, absente, contemplant le fond de son verre, ayant oublié leur présence.

— César voulait faire une mise au point, continua Suzanne.

— Laquelle ? interrogea Kobolsian en finissant son eau.

— Il ne voulait pas porter le chapeau tout seul.

— Mais quel chapeau ?

— L'histoire l'aurait vite rattrapé. Un lien indéfectible avec cette caisse.

Solange trembla. Suzanne lui prit la main mais son angoisse était perceptible.

— Ne m'en demandez pas plus, capitaine.

— Vous êtes pourtant un des derniers témoins de l'époque.

— Il y a des secrets que l'on ne partage pas, et encore moins avec une femme, surtout si elle a une sœur neuneu, dit Suzanne d'une voix qui ne convainquit pas Armelle.

La phrase paraissait toute faite, presque apprise par cœur.

Kobolsian surprit Solange qui le dévisageait avec une expression différente dans son regard noir et profond. Un malaise s'installa.

— A quel moment Andreani vous a-t-il proposé de voler la caisse ?

— Pas à nous, capitaine. En tout cas ni ma sœur, ni moi, ni Elisabeth ne sommes capables de voler quoi que ce soit. Vous nous imaginez dérobant une caisse que nous ne pourrions même pas soulever ?

— Les commanditaires n'ont pas nécessairement besoin d'être les acteurs, nota Kobolsian.

Suzanne sourit à la réflexion.

— Vous avez raison, mais cette idée aberrante vient de César et il a attendu que ce Chemin soit là pour lui proposer le marché.

— Et Chemin a accepté ?

— Bien sûr que non. César s'est déchaîné juste après. Astier a voulu le contrer mais il s'est fait moucher par le vieux. Il lui a craché au visage que si on apprenait ce que son père avait fait, c'en serait fini de sa réputation. César a eu la chance de ne pas avoir trente ans de moins, sinon Sylvain lui aurait mis son poing en pleine figure. J'ai choisi de partir à ce moment-là. Elisabeth m'a suivie.

— Etes-vous ressorties plus tard dans la soirée ?

Suzanne hocha la tête.

— Je vois où vous voulez en venir, capitaine. Nous sommes bien sagement retournées chez nous. J'ai eu le plus grand mal à calmer ma sœur. J'ai avalé un somnifère à peine rentrée. Nous n'avons, hélas, aucun alibi. Non, je n'ai pas tué César si c'est bien à cela que vous faites allusion. Et ma sœur en est bien incapable aussi.

Kobolsian griffonna quelques notes. Trois vieilles dames au beau milieu d'un champ de bataille, toutes à l'air angélique, mais les anges pouvaient descendre sur terre pour provoquer l'apocalypse. Il le savait parfaitement et les saintes écritures aussi.

15 juin 1940

Je suis folle de rage. Depuis quelque temps une fille tourne autour de mon Elzéar. Je la vois agir avec ses drôles d'airs. Du genre qui se croit supérieure parce qu'elle a une nouvelle robe et un nouveau fichu sur la tête. Dieu qu'elle est laide ! Au début, j'ai cru qu'Elzéar était insensible à ses avances. Elle avait tout d'une poule prête à tout dans le poulailler pour se faire remarquer du coq. Heureusement d'autres coqs étaient présents ce jour-là et essayèrent de l'attraper. Mon Elzéar était trop préoccupé par la guerre pour soupçonner ce manège ridicule. C'est bien la première fois que je remercie la guerre d'avoir enlevé en pensée mon amour. Cette garce est revenue à la charge un dimanche à la sortie de la messe. Je n'ai pas pu intervenir forcée par ma mère à rentrer directement à la maison. J'ai assisté au loin, impuissante, à leur rencontre. Je les ai vus discuter, lui de rire aux sottises de cette grue et elle de se dandiner.

En fin d'après-midi j'ai pu m'éclipser pour me rendre chez Elzéar. A quelques mètres de sa maison, j'ai entendu glousser juste derrière les oliviers. Allongée à même le sol avec mon Elzéar presque au-dessus d'elle, son visage était si proche du sien, leurs lèvres se frôlant. Le chemisier de cette traînée était déboutonné jusqu'au nombril et les mains d'Elzéar couraient sur sa peau blanche et sans éclat. Puis il a essayé d'aller sous sa jupe. On aurait dit qu'une guêpe l'avait piquée, cette bourriche. Elle se remua comme un pauvre ver de terre, voulant éviter que mon homme ne la touche. Elle a dit non plusieurs fois puis elle l'a giflé. Elzéar s'est redressé d'un seul coup. Il s'est énervé, l'a traitée de coincée pour une fille des champs. Dieu que ce moment a été bon ! Combien j'aurais voulu la gifler moi aussi, lui écraser son joli petit minois à coups de pierre. Lui faire mal. Et rejoindre Elzéar, le serrer fort contre moi. J'ai tout de suite compris son désir. Je ne peux pas pour l'instant lui offrir ce bonheur mais bientôt je serai sienne. Il faut juste que j'apprenne pour faire de lui un homme comblé. Une nouvelle vie va s'ouvrir à moi, une vie avec Elzéar.

25

Dulat n'eut pas à aller très loin. Juste à descendre cinq marches d'un escalier mal éclairé. Judith De Synth avait installé son QG au rez-de-chaussée, dans un bureau vide de la mairie. Le major s'y rendit avec une certaine appréhension. Il ne se laissait pas impressionner mais cette femme était à part. Chemin avait son caractère, pourtant la gravité de la situation l'avait transformé en agneau. Plutôt intelligent, il avait compris que l'affrontement et l'opposition ne le mèneraient guère plus loin que dans une cellule de la gendarmerie. Chemin n'avait rien d'un criminel. Ce qui embêtait Dulat c'est qu'aucun des témoins n'avait le profil d'un meurtrier. A part peut-être Andreani ! Mais l'homme avait un alibi en béton : celui d'être la victime. Sylvain Astier, le plus jeune, était le plus à même de tuer de sang-froid, mais des personnes âgées assassinaient elles aussi. La folie meurtrière n'était pas l'apanage de la jeunesse. Les cas n'étaient pas rares, même s'il n'en avait jamais rencontré. La caisse était le dénominateur commun à cette affaire. Un plongeon dans un passé vieux de plus de soixante ans.

Dulat était persuadé qu'une partie de la vérité avait été dévoilée avant l'arrivée de Chemin.

Judith De Synth avait parfaitement analysé et assimilé les informations reçues la veille. Elle avait saisi la portée et l'importance de celles-ci. Enfin elle détenait un scoop et préparait sa riposte au moment où Dulat pénétra dans son bureau improvisé. Judith De Synth se frottait les mains, fière d'elle, attendant que les journalistes de la France entière reconnaissent enfin ses qualités et son travail. Grâce à cette histoire, elle s'était persuadée de se montrer plus ambitieuse et de viser plus haut qu'un simple journal régional. Pourquoi pas un quotidien national ?

La tête perdue dans ses pensées délirantes, elle n'entendit pas arriver Dulat, ni son raclement de gorge. Elle relisait pour la mille et unième fois les articles sur le point d'être publiés. Encore quelques corrections et tout serait parfait. Les affiches de l'édition spéciale du journal du lendemain étaient prêtes à être collées sur les platanes de la place du village par deux gamins.

— Madame De Synth, s'il vous plaît ?

La journaliste releva les yeux et ne cilla pas. Elle s'attendait à la visite du gendarme ou d'un de ces deux policiers arrivés d'Aix-en-Provence. A vrai dire, elle était déçue de constater qu'on lui envoyait ce pauvre bougre de Dulat et non la police. Décidément, on la prenait pour une plouc ! C'était pourtant elle qui détenait les informations les plus importantes dans cette affaire !

— J'aimerais m'entretenir avec vous de certains détails, dit le major d'une voix que lui-même ne trouvait pas assez assurée.

Judith De Synth esquissa un petit sourire.

Bingo, pensa-t-elle, on va enfin s'amuser !

— Je vous écoute, major, fit-elle en redressant sur l'arête de son nez une paire de lunettes en écaille sombre.

— Vous étiez hier soir chez César Andreani, comme l'attestent plusieurs témoins.

— Si vous le dites.

— Ce n'est pas moi qui le dis, madame De Synth !

— Faut-il avoir confiance en ce que peuvent raconter une bande de vieillards et quelques arriérés du village ? Enfin je ne vais pas vous faire languir plus longtemps. Alors je répondrai oui à la première question et non à celle que vous me poserez juste après.

Dulat sentit son estomac se serrer. Une boule se formait et ses nerfs ne tarderaient pas à se tendre et se rompre. Il avait le choix d'exploser tout de suite, mais il prenait des risques avec un tel personnage. Elle n'était pas du genre à plier à la première menace d'un major de la gendarmerie.

— Non à quoi ?

Elle le fixa d'un regard noir.

— Allons, major, ne me prenez pas pour une débutante... je n'aime pas trop ce mot, pas vous ?

Elle jouait avec lui, persuadée d'être la plus forte. Dulat montait en pression.

— Oui, j'étais bien chez feu monsieur Andreani. Et non je ne vous dirai pas ce que j'ai appris lors de cette soirée...

Judith s'arrêta un court instant, le temps de retourner devant elle un tas de feuilles dactylographiées, empêchant ainsi le major de les lire.

— J'allais oublier, un autre non : je n'ai évidemment pas tué ce pauvre bougre qui ne manquera à personne ici à part à lui-même.

La journaliste sourit, toutes dents dehors, satisfaite comme jamais par sa réplique, se disant qu'il faudrait noter quelque part ses envolées lyriques.

— Ecoutez, madame De Synth, nous enquêtons sur un meurtre et je me fous de vos pseudo-défenses de journaliste comme la liberté de la presse. Je me contrefous également des articles que vous ferez publier ou pas. J'ai juste besoin de savoir ce qui s'est dit hier soir chez Andreani pour essayer de comprendre. Et pourquoi pas arrêter le meurtrier de César Andreani.

Judith ne se départit pas de son sourire.

Elle a de la chance de ne pas être un homme, se dit le gendarme en serrant les poings un peu plus fort.

— Major, la liberté de la presse ne peut être bafouée de la sorte. Vous voulez des éléments qui relèvent pour moi de l'information pure et simple. Le droit d'informer mes concitoyens sur cette terrible affaire est primordial. En aucun cas je ne vous communiquerai ce que je sais et vous pouvez toujours le faire savoir à votre hiérarchie, au substitut du procureur ou qui que ce soit d'autre. Vous m'avez comprise, major Dulat. Vous pouvez bien entendu faire usage de la force mais je ne suis pas sûre que cela soit bien indiqué pour votre modeste carrière.

Judith De Synth, correspondante de presse sans éclat, jubilait face à un gendarme au visage cramoisi. Dulat n'avait qu'une envie, la secouer comme un prunier et lui faire entendre raison à grands coups de pied dans le derrière.

— Ce que je peux vous dire, major, c'est qu'il faut chercher non pas ceux qui étaient là la nuit dernière mais ceux ou celles qui jouèrent un rôle autour de cette caisse en 1943. Tout est là sous vos yeux mais il vous manque des pièces. Demain matin à la première heure, dans les colonnes du journal, vous saurez tout. Vous n'aurez plus qu'à vous pencher pour ramasser l'assassin d'Andreani. Bonne journée, major, je dois vous laisser. J'ai encore des corrections à faire avant d'envoyer mon papier à la rédaction. Ils m'ont promis la une, vous vous rendez compte !

Jubiler n'était pas un terme assez fort pour décrire l'état dans lequel se trouvait Judith De Synth. Elle jouissait d'un bonheur inégalé. Jamais dans sa vie elle n'avait ressenti une telle joie.

Dulat tenta une dernière attaque qui n'eut pas plus d'effet que la précédente.

— Je peux vous assurer, madame De Synth, que je vais prévenir de ce pas madame la procureur pour vous convoquer dans ses bureaux. Peut-être y serez-vous plus coopérative ? Si par votre faute l'enquête est compromise d'une façon ou d'une autre, vous aurez à en répondre devant la justice.

Dulat ne salua pas, tourna les talons, et claqua la porte de manière si brusque qu'elle faillit sortir de ses gonds.

Dès qu'elle se trouva seule, satisfaite d'avoir tenu tête à cet imbécile de gendarme, Judith prit son téléphone pour appeler à la rescousse les deux jeunes qui allaient coller les affiches dans le village. Elle contacterait ensuite à la rédaction du journal pour négocier la une ou à la rigueur la troisième page. Elle avait menti volontairement au major afin de l'impressionner davantage et cet idiot n'avait rien su faire d'autre que de claquer la porte.

Son heure arrivait, la consécration, la reconnaissance par tous ceux qui ne la regardaient même pas il y a deux jours. Après cet article et ces révélations, tout changerait, enfin.

6 novembre 1942

Les soldats allemands ne sont plus très loin. J'ai entendu des anciens affirmer que la France allait être occupée entièrement. Même chez nous. Il paraît qu'Hitler n'a pas supporté que les forces alliées débarquent en Afrique. Au comptoir du bar, on murmure que ce n'est qu'une question de jours avant que les Allemands marchent sur Saint-Ambrose.

Mon Elzéar, lorsqu'il a appris la nouvelle, ne tenait plus en place. Il voulait prendre les armes, entraîner tout le village avec lui pour repousser l'envahisseur. Il parlait même de rejoindre de Gaulle en Angleterre. J'ai eu peur en l'entendant, peur qu'il ne revienne pas. L'hiver arrive bientôt et déjà un mistral glacé court dans les montagnes. Elzéar veut se battre malgré la froidure du climat. Je l'admire face aux autres, parlant à voix haute, remuant les bras, faisant de grands gestes. César et Raymond se moquent de lui et je crois même qu'ils ne seraient pas contre rencontrer quelques boches. César parle même de faire du commerce avec eux. Elzéar s'est emporté dans une colère noire quand il a entendu ça. J'ai bien cru qu'ils allaient en venir aux mains. Mais Raymond les a séparés, expliquant que ce n'était qu'une blague. Elzéar est remonté comme pas deux, il n'a qu'un mot à la bouche : « Résister ».

Je ne sais pas trop ce que ça veut dire mais il a l'air d'un grand chef.

Malgré le froid, je viens encore me cacher derrière sa maison. Les buissons ne sont plus guère épais mais l'obscurité m'aide à me fondre dans le décor. Accroupie, j'oublie ce vent froid qui glace mes os et me fait trembler et je guette Elzéar derrière la fenêtre.

Bientôt je lui donnerai ce qu'il veut.

J'ai voulu savoir comment faire pour ne pas paraître gourde devant lui quand il me serrera dans ses bras. Je ne veux pas être comme ces filles qui au dernier moment s'affolent et s'en vont en courant.

J'ai donc choisi un homme pour faire mon apprentissage. Ce ne fut pas de gaieté de cœur. Il ne devait pas être d'ici, je ne voulais pas qu'il puisse se vanter de m'avoir prise pour la première fois et surtout qu'il l'apprenne à tout le monde. J'ai attendu la fin des moissons, et à la veille du départ des ouvriers agricoles, j'en ai choisi un. Il se tenait souvent à l'écart des autres. Il n'était pas joli garçon mais il me parut avoir bon fond. Il s'apprêtait à quitter la région pour Marseille. Une nuit, je me suis faufilée dans sa cabane. Quand il m'a vue entrer, il s'est tu, et heureusement.

J'ai fait tomber ma robe à mes pieds.

26

Saint-Ambrose brûlait sous un soleil sans concession. Pourtant native de la région, Armelle n'arrivait pas à s'acclimater à ces chaleurs extrêmes. Les habitants avaient tiré leurs volets, espérant ainsi dans une pénombre salvatrice maintenir une fraîcheur tout aussi illusoire. Les deux flics avançaient dans des ruelles fantômes, ici et là ils entendaient le son d'une radio ou d'un téléviseur. Quelquefois, ils croisaient des familles de touristes, entièrement dévouées à la cause du trésor perdu. Les enfants traînaient les pieds alors que le père s'empressait pour être le premier à… A quoi ? demandait la femme excédée.

Kobolsian n'avait pas quitté sa veste. Il ruisselait mais ne s'en plaignait pas. Il venait d'appeler l'hôpital. L'état de Léa était stationnaire. Ce qui, pour l'instant, était une bonne nouvelle. Dans la majorité des cas, lui expliqua l'infirmière, les dégradations avaient lieu dans les premières heures et entraînaient souvent la mort du patient. Il fallait prendre son mal en patience et chaque heure passée éloignait sa femme du pire.

Victor la remercia, éteignit son portable et rejoignit sa collègue, appuyée contre un arbre, à l'abri d'un soleil ravageur. Au loin les cigales s'en donnaient à cœur joie.

— Ça va ? questionna Armelle quand il eut regagné l'ombre.

— Toujours pareil, mais il paraît que c'est bon signe.

Armelle n'ajouta rien. Ses compétences médicales étant plutôt restreintes, elle préféra se taire. Et puis rassurer pour rassurer…

Ils avaient une dernière personne à interroger : Sylvain Astier. La maison de son père se trouvait à l'autre bout du village. Mais ils ne se dépêchèrent pas. A quoi bon accélérer le pas quand la chaleur vous écrase de la sorte ?

— Je pense qu'il nous faudra délocaliser l'affaire, et vite, nota Kobolsian en rangeant son téléphone dans sa poche de pantalon.

— Tu crois ?

— Nous sommes sur leur terre, l'image forte d'Andreani est encore présente. La caisse est là également, preuve plus que tangible que l'histoire qu'ils ont vécue est vraie. A Aix ou chez Dulat, il va falloir descendre au commissariat ou à la gendarmerie nos vieilles dames et les bousculer gentiment. Elles en savent beaucoup plus qu'elles ne veulent le laisser croire. Leur passé commun est la clé de voûte de notre enquête.

Kobolsian avait l'impression de faire de la figuration dans cette affaire alors qu'il était au cœur de cette tragédie.

— Une vengeance, soixante ans après ? reprit Armelle.

— Pas de doute là-dessus.

— Pourquoi attendre si longtemps ? questionna Armelle.

— Je pense qu'il s'est échangé des informations sur la caisse et son histoire qu'aucun des participants à cette soirée ne connaissait ou dont personne ne souhaitait se souvenir.

— Une sorte de coup de théâtre, Andreani révélant une vérité que nul n'avait envie d'entendre.

— Exactement. Andreani voulait peut-être ainsi régler ses comptes avec le passé.

— Et on l'aurait tué pour ça ?

— Oui, par contre je ne comprends toujours pas pourquoi mon nom apparaît.

— Tu es certain de ne connaître personne ?

— Oui. Attendons de trouver le coupable et nous lui poserons la question.

Kobolsian sourit à sa remarque, une banalité qui le réconfortait. Armelle lui rendit son sourire, satisfaite de voir que son ami se déridait un peu.

— Et les sœurs, t'en penses quoi ? demanda-t-elle.

— Pas grand-chose. D'un côté, il y a Suzanne, celle qui voudrait qu'on la prenne pour une sainte, et de l'autre, Solange, autiste ou attardée mentale. Suzanne n'a pas l'air de détester son vieil ami Andreani. Pas sûr qu'elle soit heureuse d'être ici. Sa sœur, elle, le vit mal. C'est toujours pareil, il nous manque une partie de la soirée que personne ne veut raconter. C'est bien pour cette raison qu'il faut les délocaliser, leur couper tout lien avec le village et son passé.

Armelle acquiesça d'un mouvement de tête.

Kobolsian s'épongea avant de répondre.

— Pour Andreani c'est une question de fierté. Il a raté la caisse et son contenu des années auparavant. Pour les autres comme pour celui ou celle qui l'a assassiné, il s'agit de savoir s'ils pourront vivre avec la vérité et l'admettre au grand jour. A moins qu'ils ne préfèrent l'enterrer.

— Andreani étant mort, les autres ne devraient plus craindre quoi que ce soit.

— Je suis d'accord avec toi, sauf si l'assassin décide de prolonger son jeu de massacre.

— Et tu crois que ce serait à cause de ça qu'aucune d'elles ne parle !

— Je ne sais pas.

— Espérons que Sylvain Astier ou son père seront plus bavards.

Là-dessus Kobolsian se trompait complètement…

La maison de Raymond Astier était l'une des dernières du village. C'était un petit mas provençal ; quelques oliviers délimitaient la propriété.

Dans le chemin d'accès, une DS3 profitait de l'ombre d'un platane. Les vitres étaient entrouvertes pour éviter que le conducteur ne meure sur le coup, terrassé par la fournaise, en montant dans son véhicule.

Une jeune femme leur ouvrit la porte. Marie Firmont, une éponge dans la main gauche et un torchon dans l'autre, fut surprise d'être dérangée dans ses tâches ménagères, surtout quand elle vit les cartes de police.

— Oui ? fit la jeune femme sans se départir d'un très joli sourire.

— Nous cherchons Sylvain Astier, dit Kobolsian en rangeant sa carte.

— Vous venez de le manquer. Il est parti il y a dix minutes à peine. Mais entrez, vous serez mieux à l'intérieur.

D'un geste de la main, elle les invita à passer le seuil d'une maison fraîche, plongée dans la pénombre. Armelle constata que la déco était un peu moins vieillotte qu'ailleurs. Les tapisseries des années soixante-dix avaient été remplacées par des couches de peinture blanche. Il restait tout de même quelques reliques de mauvais goût mais elles se fondaient dans le décor. Le mobilier, quoique peu récent, s'harmonisait à cette blancheur ambiante. Kobolsian eut un haut-le-corps en remarquant un lit médicalisé, immense, dérangeant, dans le renfoncement du salon, à l'entrée de la salle à manger. Kobolsian ne vit pas immédiatement Raymond Astier mais Léa, condamnée elle aussi. Comment accepter qu'elle puisse demeurer clouée sur ce genre de lit pour le restant de ses jours ? Le supporterait-elle ? Et lui ?

En face, le vieil Astier dont le regard tentait de l'accrocher.

Armelle était tétanisée par la vision de cet homme dans la pénombre, entre la vie et la mort, et dont les yeux imploraient qu'on abrège son existence.

— Monsieur Raymond Astier, chuchota Marie Firmont, a subi une terrible attaque au printemps dernier. Il remonte très doucement la pente mais je crains que cela ne soit irréversible.

— Connaissez-vous la raison de notre visite ? demanda Kobolsian sans arriver à décrocher son regard du lit.

— La mort de monsieur Andreani, je suppose ?

— Exactement. Savez-vous où Sylvain Astier est allé ?

— Non, il a juste reçu un appel. Il avait l'air passablement énervé. J'aurais voulu lui dire de faire attention. Son père a eu cet accident après une colère noire. Ce que je peux vous dire, c'est que la découverte de cette caisse a mis un coup à monsieur Astier. Son état ne s'est pas vraiment amélioré. Quand il a su que son fils allait voir Andreani, j'ai cru que je n'arriverais pas à le calmer. Il a failli en mourir.

Armelle se demanda si ça n'aurait pas été mieux. Qui aurait envie de finir sa vie ainsi ?

— Je vous prierai d'être très discrets. Ne lui dites pas que vous êtes de la police, je vous en prie. J'ai peur que cela ne lui soit fatal. De toute façon, il ne peut plus communiquer.

Kobolsian hocha la tête en signe d'assentiment, ce qui rassura la jeune femme. A quoi bon s'acharner sur cet homme ? Même s'il était détenteur d'une partie du secret de la caisse, il n'était pas présent la veille. Seul son fils savait et, d'après les dires des deux femmes interrogées, il n'était pas très heureux des révélations que voulait faire Andreani.

Au fond de la pièce, Raymond Astier avait détourné son regard pour le porter sur un tableau représentant une vue des Alpilles. Ni les policiers ni Marie Firmont ne virent les larmes couler sur ses joues ridées.

— On ne vous embêtera pas plus longtemps, conclut Armelle, contente de retrouver la chaleur de l'extérieur et de quitter cette antichambre de la mort.

Ils saluèrent la jeune femme. Ni l'un ni l'autre n'avaient envie de parler de ce qu'ils venaient de voir. Cette déchéance n'était pas acceptable.

Le téléphone de Kobolsian sonna. Dulat en avait fini de son côté. Kobolsian expliqua qu'Astier ne devait pas être très loin et proposa qu'ils se retrouvent chez Andreani afin de faire le point sur la situation. Il ne lui parla pas tout de suite de délocaliser l'enquête et les interrogatoires, il ne tenait pas à contrarier la bonne volonté de la gendarmerie à leur égard.

Ils retraversèrent le village sous la même chaleur accablante, sans croiser personne, hormis quelques touristes. Quatre énormes camping-cars sortaient avec difficulté de la commune, l'un d'eux avait laissé une partie de sa peinture sur un platane. Le conducteur était rouge écarlate et son épouse contrariée lui faisait la tête. Quelle idée de vouloir venir ici parce que des ploucs avaient trouvé un prétendu trésor ? était en substance ce qu'elle pensait et ne tarderait pas à hurler dans l'habitacle.

Chez Andreani, un gendarme salua le couple de policiers. Dulat les attendait, assis sur une chaise de la cuisine, un petit carnet ouvert devant lui. Kobolsian rejoignit le gendarme. Armelle resta debout en arrière. Le temps s'arrêta, une longue minute, peut-être deux.

Dulat choisit de rompre ce silence. Il fallait avancer.

— Bon, j'ai entendu Chemin, et nous allons avoir des problèmes avec Judith De Synth. Je vais téléphoner à la proc pour qu'elle intervienne rapidement. Judith possède des éléments déterminants dans l'affaire. Chemin a été convié à leur petite sauterie dans l'unique but de voler la caisse. Andreani la voulait pour lui, d'après ce que j'ai compris. Et vous ?

— Astier se balade dans le village, on ne tardera pas à croiser sa route. Madame Siromin a été marquée au fer rouge dans le passé et détestait Andreani. Assez pour le tuer, mais elle a un alibi en béton en la personne du réceptionniste de l'hôtel où elle est descendue. Suzanne Trévor nous a confirmé ce que nous pensions après le premier interrogatoire : Andreani a été assassiné parce qu'il a été un acteur d'une autre tragédie qui s'est déroulée à la fin de la dernière guerre. Solange, sa sœur, ne ferait pas de mal à une mouche mais elle aussi a souffert.

— Tout cela ne nous avance pas vraiment, fit Dulat.

— Oui, observa le flic, la logique voudrait, vu l'âge quasi canonique des trois femmes, qu'Astier ou Chemin soit le coupable. Hypothèse trop évidente, trop simpliste mais plausible. A moins bien entendu que nous n'ayons affaire à un inconnu qui profite de cette histoire de caisse pour troubler les pistes.

— Dans ce cas-là, cela tiendra du miracle si nous arrivons à mettre la main dessus. Non, je suis persuadé que l'assassin se trouve parmi eux. Nous devons le confondre par tous les moyens.

— J'ai peut-être une solution, proposa Kobolsian en composant le numéro de la procureur. On les convoque tous au commissariat ou chez vous à la gendarmerie.

— Et votre implication dans ce merdier ?

— Pas plus d'explications à vous donner qu'au début. Je ne connais pas ces gens. Il me reste à voir Astier, mais je ne me fais pas d'illusions.

Dulat tourna les pages de son carnet tout en réfléchissant. Devant lui, la page titrée : De Synth.

— Sur le principe je ne suis pas contre rassembler les six témoins hors du village, mais nous avons un problème de taille...

Kobolsian se leva quand la procureur répondit, et s'éloigna dans la pièce d'à côté.

— Vous voulez parler de Judith De Synth ? demanda Armelle.

— Exactement.

Le major Dulat lui résuma la situation en exposant l'entretien qu'il avait eu avec la correspondante locale. De Synth en savait beaucoup plus que Chemin et autant que les autres protagonistes.

— Et elle veut tout balancer dans le journal ? fit Armelle, passablement énervée par le comportement irresponsable de cette femme.

— Elle ne voit que son propre intérêt. Jusqu'à présent, elle qui n'a couvert que des foires à la lavande ou des fêtes votives espère peut-être qu'avec cette histoire elle va enfin pouvoir atteindre le firmament journalistique.

— Elle ne réalise pas qu'un homme est mort hier soir à cause de cette caisse !

— Non, elle ne pense qu'à ce qu'elle va tirer de ce drame. Qu'importe si les lauriers sont tachés de sang.

Kobolsian revint dans la cuisine.

— La proc est d'accord pour délocaliser l'affaire, chez vous ou chez nous, elle s'en moque. Pour De

Synth, elle va intervenir également. Je vais, de mon côté, appeler le rédac-chef du journal. On partage assez d'infos pour qu'il me rende un petit service.

— Vous voulez empêcher la publication de son article ? interrogea Dulat, inquiet.

— Non, juste la retarder. Nous avons besoin d'heures supplémentaires, sinon d'une journée, pour éclaircir la situation. Nous avons en main presque tous les éléments. Deux ou trois pièces du puzzle manquent et elles sont entre les mains des invités d'Andreani.

Dulat se dit qu'après tout, c'était certainement la meilleure solution. Il entendait déjà les cris d'orfraie de De Synth, hurlant à la dictature. Mais cela en valait la peine. Cette affaire commençait à l'agacer et une fin proche ne pouvait que le réjouir.

Au moment où Victor Kobolsian appelait le journal, un gendarme entra en trombe dans la maison.

— Vite, venez ! cria-t-il presque. De Synth vient de faire des siennes.

Armelle soupira, Dulat se décomposa et Kobolsian raccrocha alors qu'on allait lui passer le rédac-chef.

Un léger vent qui apportait tout sauf de la fraîcheur les accompagna dans leur course. Les cigales chantaient leur ode à l'été caniculaire. Saint-Ambrose n'en avait pas fini avec son passé et ses secrets.

24 avril 1943

Hier soir, j'ai donné mon corps et mon âme à Elzéar. J'ai senti que c'était le moment ou jamais. La guerre a fait des ravages autour de nous et Elzéar ne tardera pas à disparaître dans le maquis. Les Allemands sont partout. Quel drôle de spectacle de voir dans notre petit village ces soldats aux uniformes noirs de la Waffen SS parader ! Le bruit de leurs bottes résonne la nuit dans nos rues si calmes d'habitude.

J'ai peur pour celui que j'aime. Il a la fougue de la liberté et la folie de sa jeunesse. Ses amis – ceux que je n'aime pas parce qu'ils veulent faire de moi une paria – ***le forcent à faire certaines choses qui les mettent en danger.*** *Ils veulent tous devenir des héros mais je crains que les nazis n'en fassent des victimes, torturées et assassinées.*

J'ai eu peur de perdre celui que j'aimais, de ne jamais connaître son corps.

Il fallait agir.

La nuit était tombée depuis moins d'une heure. J'avançais à pas de loup. Je savais qu'il était seul et qu'il n'avait pas prévu de sortir avec César et sa bande. Son oncle et sa tante sont partis à Aubagne visiter une cousine malade. Je me suis signée en pensant à elle. Cela m'a donné du courage.

Mon Elzéar m'attendait, là, de l'autre côté de la rue.

Personne ne m'a vue pénétrer chez lui. Ni même entendue. Tel un chat sur un toit, j'avançais, équilibriste, à pas de velours.

La porte d'entrée était toujours ouverte. Je me suis glissée à l'intérieur. La maison était plongée dans l'obscurité, seul un rai de lumière passait sous la porte de sa chambre.

Doucement j'ai fait tourner la poignée en cuivre. La porte s'est ouverte sans un bruit. Allongé sur son lit, Elzéar semblait dormir. Je me suis approchée de lui, j'ai quitté ma robe. Il a dû sentir ma présence. Il s'est tourné vers moi et a ouvert les yeux. Il a bafouillé quelques mots mais je l'ai empêché de parler en lui posant ma main sur la bouche. J'ai écarté les draps, je me suis allongée à ses côtés. Je l'ai embrassé en montant sur son corps. Il n'a pas résisté.

La nuit nous a retenus prisonniers tels des amants maudits, n'acceptant notre reddition qu'au premier chant du coq.

27

Du plomb en fusion leur tomba sur les épaules, l'air chaud carbonisa leurs poumons, leur ôtant toute possibilité de reprendre leur souffle. A peine arrivés sur la place, le gendarme leur montra les troncs d'arbres, des platanes centenaires réduits à l'état de colonne Morris. Le village tout entier était recouvert d'affiches et pas un seul centimètre n'avait échappé au zèle des colleurs. Sur chacune d'elles, on pouvait lire le futur gros titre de la presse régionale :

Demain dans *La Provence* :
Toute la vérité sur la caisse des nazis et sur la mort d'Andreani, par votre envoyée spéciale Judith De Synth

Kobolsian, courbé, essoufflé, mit la main sur une des affiches.

— Nom de Dieu ! fit Dulat.

Armelle aurait pu dire la même chose alors qu'elle arrachait avec le gendarme les brûlots collés à la va-vite.

— Il faut l'en empêcher et vite.

— Elle est à la mairie.

La course reprit, infernale sous l'incandescence des rayons d'un soleil omnipotent. Armelle se dit qu'un jour elle se ferait muter à Saint-Pierre-et-Miquelon.

Sur le perron de la mairie, Loubeyrac, blême, hurlait, faisant de grands signes dans leur direction.

— Vite, dépêchez-vous, s'époumona-t-il, c'est Judith !

Dulat voulut lui expliquer qu'ils savaient parfaitement que Judith était l'auteur de cet affichage sauvage, mais il se ravisa en voyant que Loubeyrac n'était pas dans son état normal. Il se passait quelque chose. Kobolsian éprouva le même sentiment en regardant s'agiter le maire. Armelle comprit, sortit son arme, imitée par le gendarme, inquiet de la tournure que prenaient les événements.

Loubeyrac les guida jusqu'à la salle de presse improvisée. Il s'écarta de la porte, laissant le soin à Dulat et Kobolsian de pénétrer les premiers. Le major l'avait vue en ordre, tables et chaises bien rangées, prêtes à recevoir tout ce que la région comptait de journalistes de presse, de radio ou de télé. Judith avait enlevé les rares décorations qui rattachaient le lieu à la mairie.

Il ne restait rien : tables, chaises, papiers, tout était sens dessus dessous. Ce n'est qu'au bout d'un long moment qu'ils distinguèrent, sous l'impressionnant capharnaüm, le corps d'une femme.

Ils se ruèrent sur la table qui recouvrait en partie Judith De Synth.

« Et merde » furent les deux seuls mots prononcés par Dulat quand il comprit qu'elle était morte, son cou et son corps formant un angle étrange.

Kobolsian prit son téléphone, appela la procureur, pendant que le major prévenait le médecin légiste que le boulot à Saint-Ambrose n'était pas achevé.

Loubeyrac resta à l'extérieur comme pour se protéger d'un quelconque anathème. La bouche entrouverte, impossible pour lui de détacher son regard de la morte. Autour d'elle, les policiers et les gendarmes ne purent que constater les dégâts avant de quitter la pièce.

— Tout le monde dehors, pas question de polluer la scène de crime, ordonna Armelle en refermant la porte.

Il était exclu de laisser n'importe qui s'approcher et se repaître de cette vision d'horreur. Avec la magie des portables, une photo était vite prise.

— Et dire qu'elle voulait être au cœur de l'actualité, souligna Dulat d'une voix sombre.

Personne ne releva. Ils avaient un mort de plus dans cette affaire. Cela n'arrangeait en rien Kobolsian. Dulat ordonna au gendarme présent d'interdire l'entrée de la pièce. Il exigea de ses hommes chargés de garder la caisse de reprendre leur poste. La vigilance était de mise. Ils s'exécutèrent. Le major s'avança vers Loubeyrac et sa secrétaire.

— Je n'ai pas d'autre choix que de vous demander de fermer la mairie, Loubeyrac. Evitons les badauds. Sinon, nous risquons d'être envahis.

Loubeyrac ne rechigna pas devant la proposition qui était un ordre à peine voilé. A cet instant précis, il aurait fait n'importe quoi pour être ailleurs. Pas sa secrétaire qui, elle, se délectait de la scène, ouvrait grands les yeux pour tout enregistrer et être capable de tout régurgiter devant ses copines. Elle regretta presque qu'il n'y ait pas de sang sur les murs. Elle se satisfaisait tout de même de la vision furtive du cou rompu de la pauvre femme. Elle ajouterait peut-être un peu d'hémoglobine pour impressionner son auditoire. Personne n'irait contester ses dires, de toute façon.

Une main sur le bas du visage, Kobolsian réfléchissait à la situation dans laquelle ils se trouvaient. Une caisse en bois, deux morts, une soirée dont personne ne voulait parler, il fallait vraiment qu'ils interviennent au plus vite avant qu'un troisième cadavre ne jonche les pavés de Saint-Ambrose.

Dans le hall de la mairie, chacun cogitait pour savoir comment agir au mieux. Et tous sursautèrent en entendant un coup de feu, suivi rapidement par un second.

Les chasseurs présents n'eurent aucun mal à reconnaître le son du fusil de chasse. Mais, la saison n'étant pas encore ouverte, ils furent plus que surpris.

Kobolsian, comme Dulat, avait également identifié la détonation. Le flic eut un mauvais pressentiment, confirmé peu après par des cris déchirant l'atmosphère chauffée à blanc du village. Pas de chance pour Judith De Synth : même morte, elle passait au second plan.

Sur le perron de la mairie, Dulat et les deux policiers cherchaient à déterminer la provenance de ces cris. Armelle descendit les marches quatre à quatre, escortée du gendarme qui devait garder la salle de presse.

Au loin, ils virent arriver Marie Firmont, hystérique, courant comme si la mort était à ses trousses. Les maisons, endormies à l'heure de la sieste, entrouvraient leurs volets. Les hurlements venaient de troubler la quiétude du village. Qui donc osait empêcher les braves gens de se reposer ?

Marie Firmont se rapprochait, les cris se transformaient en un « Au secours » long et plaintif. Auquel s'ajouta un « Il est devenu fou » répété encore et encore.

Armelle la prit dans ses bras.

— Calmez-vous, Marie, je vous en supplie, calmez-vous, fit-elle en opposant aux hurlements de la femme une voix apaisante.

Autour d'elles, un petit cercle s'était formé, constitué de Kobolsian, Dulat et deux gendarmes venus en renfort. Des badauds, mélange de touristes et d'habitants de Saint-Ambrose, formaient un deuxième cercle plus large et appelé à s'agrandir si les forces de l'ordre n'intervenaient pas. Dulat ordonna à ses hommes d'évacuer la place au moment même où Marie Firmont perdit connaissance.

Il ne manquait plus que cela, pensa Kobolsian.

— Portons-la dans la mairie, proposa Dulat en la saisissant sous les bras.

Kobolsian lui prit les jambes. Armelle ramassa le sac de la jeune femme, tombé au sol. En moins de temps qu'il n'en faut pour le dire, ils se retrouvèrent dans le hall, où la fraîcheur eut un effet salvateur sur la jeune femme. Livide comme l'était Loubeyrac en voyant arriver dans les locaux une seconde femme inanimée, Marie Firmont reprit connaissance et ouvrit les yeux sur Victor Kobolsian.

— Il faut faire vite, dit-elle en haletant, il est devenu fou. Il est arrivé en courant, hors de lui, il a pris un fusil. Il va le tuer…

— De qui parlez-vous ? demanda le flic même s'il se doutait de la réponse.

— Sylvain… il a une arme. Il m'a jetée dehors et a tiré en l'air deux fois. Il m'a dit que si on continuait à l'emmerder, il tuerait encore.

« Tuer encore », deux mots qui eurent sur les policiers et les gendarmes l'effet d'une bombe. En deux temps trois mouvements, ils confièrent au maire la pauvre Marie toujours sous le choc pour se rendre chez Astier.

Au loin un chien aboyait, la chaleur inondait la rue. Dulat, Kobolsian et leurs équipiers, armes dehors, se préparaient à une centaine de mètres du forcené, derrière un muret de pierres sèches.

— Qu'est-ce qu'on fait ? On appelle les renforts ? demanda Armelle.

— Avant qu'ils arrivent, Astier aura l'occasion de faire d'autres conneries, observa Dulat en essuyant ses mains sur son pantalon bleu marine.

Il ne tenait pas à ce que son arme glisse si par malheur il devait s'en servir.

— Vous avez raison, acquiesça Kobolsian en enlevant sa veste. Il va falloir assurer le boulot tout seuls.

— Attendez, s'inquiéta Armelle, on est à peine dix si on compte vos deux gars en faction au sous-sol de la mairie.

— Ils seront là dans deux minutes, répliqua le major en regardant sa montre.

— Je vais essayer d'entrer en contact avec Astier, proposa Kobolsian en tendant son arme. Je vous rappelle qu'il est seul avec son père.

— Pas d'accord, s'exclama Dulat, l'homme est armé, d'après ce que nous savons. C'est beaucoup trop risqué.

— Qu'est-ce que vous suggérez ? railla Kobolsian. Une charge de la cavalerie, des hommes qui tombent au ralenti comme au cinéma ?

C'était la première fois depuis la mise au point de la procureur que Kobolsian sortait des rails. Dulat ne releva pas. Pas le temps et pas l'envie non plus.

— Ecoutez, major, je vais tenter de m'approcher. Il faut que l'on arrive à établir un semblant de relation avant d'intervenir.

Armelle prit l'arme de son collègue, pas vraiment satisfaite de ces décisions prises trop vite selon elle.

— Pendant que j'avance, Armelle et un de vos hommes vont passer par-derrière et attendre. Si jamais il veut s'échapper par là, vous le serrez.

— Je serai votre soutien, déclara Dulat. Pendant que vous êtes en face, on se planque sur les côtés. A la première occasion, on y va.

Kobolsian eut un frisson quand il entendit le gendarme parler d'intervention. Pas sûr que quelqu'un ici ait déjà vécu une telle situation de crise. Il n'avait plus le choix : il fallait foncer.

28

Dans la rue, plus un bruit. La maison d'Astier, en recul des autres, semblait calme. Les trois habitations voisines avaient été désertées au premier coup de feu. Dulat fit en sorte que les derniers imbéciles restés à portée de fusil dégagent manu militari. Kobolsian regarda une dernière fois son téléphone, pensa à Léa et lui adressa une prière.

Armelle mit l'arme de son collègue dans son holster, puis s'empara de la sienne. Pierre Peti, un jeune gendarme qui allait l'accompagner, se prépara également.

— On laisse les crans de sécurité aussi longtemps que possible insista la policière pas vraiment rassurée d'avoir dans les pattes un homme armé aussi inexpérimenté.

— Pas de souci, répondit-il, inquiet lui aussi.

Kobolsian indiqua d'un signe de la main à Dulat qu'il était prêt.

— Allez, on se déploie, ordonna le major.

Armelle Boucher et Pierre Peti prirent sur la droite, le plus large possible, loin de chez Astier. Le forcené ne devait pas comprendre ni même deviner la manœuvre qui se mettait en place. Ils étaient là pour sécuriser la zone et permettre à Kobolsian d'agir sereinement.

Un silence inquiétant régnait sur les lieux. Kobolsian s'approcha de l'entrée du chemin menant à la maison. Il espérait que l'homme n'avait pas mis fin à ses jours ni à ceux de son père. Il n'y avait pas eu d'autres coups de feu. Mais le désespoir et la folie meurtrière pouvaient pousser les gens à des situations extrêmes.

— Sylvain Astier, cria le flic les mains en porte-voix, vous êtes là ?

Pas de réponse.

— Je suis le capitaine Kobolsian.

Les cigales chantèrent leur plaisir de se griller au soleil sans que personne n'y prête attention.

— Monsieur Astier, je vais m'avancer sur votre allée. Je ne suis pas armé. Vous pouvez le vérifier.

Kobolsian joignit le geste à la parole. Il leva haut les bras. Sa chemise lui collait à la peau. Lentement il tourna sur lui-même, montrant ainsi à celui qui se retranchait derrière les volets qu'il n'avait aucune arme sur lui.

La réponse ne tarda pas. Un volet s'entrouvrit, un canon de fusil apparut, tendu vers le ciel.

— Cassez-vous, bande de cons ! hurla Astier.

Le coup partit. Kobolsian se jeta au sol. Dulat se plaqua derrière le muret avec ses hommes. Personne ne riposta, ce qui rassura Kobolsian.

— A quoi jouez-vous, Sylvain ? Vous savez très bien que vous ne gagnerez rien avec ce genre de comportement.

— Cassez-vous ! répéta Astier, beuglant de plus belle.

— Calmez-vous. Nous voudrions vous parler de madame De Synth.

— Cette salope voulait salir la mémoire de mon père, comme Andreani ! Jamais, vous m'entendez, jamais mon père ne subira cet affront !

— Si vous ne vous rendez pas, nous serons obligés d'intervenir.

— Allez vous faire voir ! Mon père n'est pas un criminel. Andreani le savait.

Kobolsian, tout en restant dans la ligne de mire du tireur et en gardant le regard droit devant lui, essayait tant bien que mal de voir ce que Dulat et ses hommes manœuvraient. Les gendarmes avançaient à pas de loup. Kobolsian craignait que la situation ne s'éternise, et ne finisse mal.

— Vous n'êtes pas un tueur ! cria le flic en se dirigeant vers la maison.

Quelques mètres de gagnés sur l'impensable.

— Je lui ai demandé de ne rien publier. Elle s'est foutue de moi, mais je ne voulais pas la tuer, c'est de sa faute.

— Justement, Sylvain, posez votre arme et on parlera de tout ça tranquillement. Sortez, les mains en l'air.

Pour toute réponse, il n'eut droit qu'à un nouveau coup de fusil. Cette fois-ci les plombs volèrent plus bas.

Armelle Boucher, presque accroupie, avançait le plus discrètement possible. Deux autres coups de feu accompagnèrent sa lente progression. Peti avait pris plus court pour tenter de se positionner sous la fenêtre de derrière. Armelle visait la porte de ce qui semblait être la cuisine. Plus que dix mètres. La voix de Kobolsian portait loin. Elle connaissait Victor et dans son état actuel il risquait de s'emporter, de faire une connerie. Cinq mètres. Elle savait que Dulat se rapprochait. Deux mètres. Par la vitre de la porte-fenêtre elle distingua la cuisine. Armelle se jeta en avant pour se plaquer contre le volet. Si par malchance Astier avait un accès visuel sur l'arrière, il ne pourrait pas la voir. Lentement elle se pencha, l'arme bien en main, le canon pressé à la verticale sur son visage. RAS, pensa-t-elle. La cuisine était déserte.

Elle prit alors la décision d'entrer. Quand elle posa sa main sur la poignée, Peti faillit avoir un malaise. En aucun cas ils ne devaient intervenir. Ils étaient en soutien, point barre. Le temps qu'il réagisse, Armelle avait poussé la porte et était à l'intérieur. Le gendarme s'engouffra à son tour, pestant contre sa coéquipière.

La pièce, pas très grande, fonctionnelle, était une cuisine sans fioritures. Malgré le regard noir que lui lança Peti, Armelle ne ralentit pas. Elle était en mode opérationnel. Elle colla son oreille à la porte, intimant d'un signe de l'index au gendarme l'ordre de se taire.

De l'autre côté, dans son salon, le fusil à la main, Sylvain Astier marchait de long en large, la tête en ébullition. Personne ne voulait comprendre. Comment pouvait-on porter de telles accusations au sujet de son père ? Il n'avait pas voulu faire de mal à cette journaliste. Mais pourquoi l'avait-elle pris de haut ? Il se rappelait avoir vu rouge, avoir hurlé contre elle, l'avoir prise par le col violemment. Son dernier souvenir ? Elle gisait allongée au sol, recouverte par la table.

« Pas un assassin, pas un assassin », cette phrase tournait en boucle dans son esprit qui venait de se déconnecter.

Armelle entendit Kobolsian crier que le père Astier avait besoin de soins et qu'il ne pouvait le laisser ainsi et lui faire subir toute cette tension.

— Laissez mon père là où il est ! hurla l'homme.

Un nouveau coup de fusil partit par la fenêtre. Le bruit fracassa le silence pesant de la maison. Pourquoi avoir répondu ainsi à Kobolsian ? Pourquoi ne plus s'occuper du vieil homme ? Pas le temps d'interpréter les mots d'Astier ! Armelle décida qu'il était temps d'agir.

Peti pensait exactement l'inverse. Mal à l'aise dans la cuisine, il aurait voulu attendre que Kobolsian vienne les chercher après avoir neutralisé ce fou. Mais non, cette flic ne pensait à rien d'autre qu'à sortir son arme et faire des siennes.

Le coup de fusil résonnait encore dans la maison et dans la tête d'Armelle. Elle était persuadée que l'action de Victor ne mènerait à rien. Astier était passé en mode incontrôlable. Jouer l'effet de surprise, le prendre à revers, lui poser l'arme sur la tête, le faire mettre à genoux et avec Peti lui passer les menottes. Voilà, rien de plus simple.

« Y a plus qu'à », lui souffla une voix intérieure alors que tout doucement elle tournait la poignée de la porte de la cuisine.

Kobolsian sentait que la situation lui échappait complètement. De l'autre côté, Dulat aboutissait au même constat et prit la décision d'appeler des renforts. N'est pas négociateur qui veut !

La porte de la cuisine ne grinça pas. Devant elle, un couloir sombre. Armelle put dire merci à la chance, elle qui craignait de tomber nez à nez avec Astier. A elle maintenant de se faufiler dans cette parcelle d'obscurité, d'être invisible. Elle essayait de se souvenir de leur visite matinale et de la configuration des pièces. Elle revoyait l'entrée, le salon et cette salle à manger transformée en chambre médicalisée. Elle se souvint d'une partie sombre derrière Marie Firmont, certainement ce couloir. La maison n'était pas très grande. Il devait rester une salle de bains et deux chambres au grand maximum. Plaquée contre le mur, elle débloqua la sécurité de son arme. Son cœur battait la chamade. Une partie d'elle-même lui intima l'ordre de se barrer vite fait bien fait de ce bourbier, mais l'autre envoya tout balader. Après tout, elle représentait la loi. A quelques pas du salon, elle put enfin distinguer la silhouette d'Astier. L'homme, dans l'embrasure de la fenêtre, caché par les volets à peine ouverts, braquait son fusil sur les forces de l'ordre. Armelle fit un pas en arrière pour rejoindre l'ombre protectrice du couloir. Elle avait eu le temps également d'apercevoir Raymond Astier et ce qu'elle vit l'effraya. L'homme raide dans son lit fixait un point au plafond, la bouche grande ouverte. A ses côtés, un coussin blanc. Armelle devina immédiatement ce que Sylvain avait fait et comprit que ce dernier ne se rendrait pas sans violence. Peti, collé contre elle, avait autant de couleur qu'un linceul. Sa main droite tremblait mais une fois rassemblée à la gauche sur son pistolet, elle se maîtrisa. Pour l'instant il se sentait protégé à cette place et il appréciait d'avoir avec lui cette flic. Armelle ne lui laissa pas le temps de tergiverser : action ! Peti ferma les yeux en guise d'assentiment. Astier ne regardait pas en arrière. Il n'en avait aucune utilité et, enferré dans sa folie, il ne réalisait pas que quelqu'un pouvait passer par-derrière et pointer une arme sur lui. Armelle se glissa dans le salon sans bruit. Peti guetta. Il ferait office de renfort de dernière minute, pour impressionner, en espérant que ce crétin armé d'un fusil se rendrait sans heurts.

Armelle se trouvait à présent juste derrière Astier. L'homme était en joue et ne se rendait compte de rien.

— Jetez votre arme ! hurla la jeune femme autant pour surprendre Astier que pour prévenir Kobolsian qu'elle était sur le point de mettre fin à l'assaut.

Astier se retourna en un éclair. Le canon de son fusil pulvérisa la vitre. Son visage était congestionné. Une bête en furie, voilà l'image que garderait longtemps Armelle en repensant à la scène.

Le fusil est pointé sur elle. A-t-elle le choix ? Elle ne sait plus. Derrière elle, Peti surgit l'arme au poing. Elle voit dans les yeux d'Astier que rien ne l'arrêtera plus. Alors elle tire. Astier aussi. Peti s'effondre. Elle ferme les yeux quand elle tire une deuxième fois. Le vacarme est ahurissant. Le temps semble s'être arrêté.

Dehors Kobolsian entend la voix de sa collègue. Les coups de feu éclatent. Puis plus rien.

Il hurle à son tour en se jetant sur la porte d'entrée. Dulat paniqué fait de même.

29

Les cigales n'avaient pas spécialement été troublées par la fusillade.

Les renforts, eux, arrivèrent en retard – comme la cavalerie dans les mauvais westerns, pensa Kobolsian assis sur une pierre à l'ombre d'un figuier géant. Le flic avait rangé son arme dans son étui. Dulat assurait les derniers réglages pour coordonner les ambulances et interdire l'accès à la maison.

— Je suis désolée.

La voix tira Kobolsian de sa torpeur. Il leva la tête. Face à lui Armelle, dont le chemisier était parsemé de taches de sang, celui d'Astier ainsi que celui de Peti.

— Qu'est-ce qui t'a pris de faire ça ?

Cette phrase, il l'avait déjà prononcée chez Astier et il la lui répéta en face, les yeux dans les yeux. Elle se tut. Elle aurait à expliquer son comportement devant ses supérieurs une fois au commissariat.

Elle avait conscience d'avoir pris des risques énormes mais si c'était à refaire elle le referait. Et Kobolsian le savait. Il aurait agi de la même façon. Elle avait eu de la chance. Le canon du fusil, retardé par le cadre de la fenêtre, avait dévié. Quand il avait craché ses plombs, Armelle n'était plus dans l'angle de tir. Peti, décalé par rapport à elle, reçut une volée de chevrotines. Heureusement, rien de grave. Il en serait quitte pour quelques points de suture à l'épaule gauche et la plus belle frayeur de sa vie.

La première balle qu'elle tira atteignit la tête, la seconde la gorge. Un tir parfait, comme lors des entraînements. L'homme s'effondra, mort. Derrière elle, Peti était au sol, grimaçant. La porte explosa. Kobolsian entra l'épaule en avant. Dulat investissait les lieux avec deux gendarmes de plus. L'odeur de poudre et de sang envahit la pièce. Les oreilles d'Armelle sifflèrent et bourdonnèrent, peu habituées à des déflagrations sans bouchons mis au préalable. La tête lui tourna pendant de longues secondes. Elle ne put détacher son regard du cadavre. C'est elle qui l'avait tué. Son arme de service pesait lourd dans sa main. Un poids bien au-delà du réel. Son véritable poids en fait. Détenir une arme était une chose, s'en servir en était une autre. Depuis combien de temps officiait-elle dans la police ? Six ans, sept ans ? Bien sûr qu'elle avait sorti son arme et même tiré plusieurs fois, toujours en état de légitime défense, mais jamais elle n'avait tué un homme. Tirer d'aussi près, la violence des chairs qui explosent, pas de cris de douleur, juste la chute du corps. Astier cessa d'exister à la seconde même où la première balle lui pulvérisa le crâne.

Elle essaya de se rassurer sans pour autant excuser son geste. De toute façon elle n'avait pas d'autre possibilité : il allait tirer sur elle. Pourquoi alors avoir visé la tête ? C'était peut-être un meurtrier mais elle n'avait aucun droit de l'abattre de la sorte. Elle faisait partie des meilleurs tireurs du commissariat, elle aurait pu le blesser à l'épaule ou ailleurs mais pas à la tête.

Dulat s'approcha d'elle, lui demandant son arme comme la procédure l'exigeait – en cas de... bavure, pensa Armelle en tendant son flingue.

Dans la pièce Kobolsian fut le premier à constater la mort de Raymond Astier. A ses côtés un oreiller où la forme de son visage était encore visible.

Et de trois, médita Kobolsian en secouant tristement la tête.

Autour de la maison, une foule s'était rassemblée. Le maire et sa secrétaire étaient là, ainsi que Marie Firmont, en larmes. Des touristes armés de leurs appareils photo prêts à mitrailler le moindre cadavre qui sortirait. On évoquait deux voire trois corps ; comme on ne trouverait jamais de trésor, quelques clichés bien sanglants rembourseraient l'investissement et le temps perdu. Elisabeth Siromin et les sœurs Trévor furent parmi les dernières à rejoindre les badauds. Solange tenait son sac à main sur son ventre.

Deux heures plus tard, le village ressemblait à un camp d'entraînement de la gendarmerie, envahi par des ambulances : une devant la mairie et trois devant chez Astier.

Une équipe de médecins légistes s'affairait dans la salle de presse autour du corps de la journaliste. Une autre, plus importante, s'occupait de l'intérieur de la maison d'Astier.

— Vous faites les choses en grand, railla le médecin légiste déjà venu le matin. Vous avez dû vous dire que quitte à pourrir ma journée trois cadavres de plus me feraient plaisir.

Kobolsian sourit tristement. Il aurait préféré récupérer Astier vivant. Le fils avait des révélations à faire. On ne tue pas trois personnes sans raison. La folie n'expliquait pas tout.

Il en voulait à sa collègue d'avoir agi sans réfléchir. Elle aurait pu se faire tuer. Dulat lui passa un savon et Kobolsian laissa faire. Armelle encaissa. Par sa faute, un gendarme avait failli passer l'arme à gauche.

— Et ce n'est pas vous qui seriez allée voir sa femme et ses deux gosses pour leur annoncer sa mort. Vous vous êtes conduite comme une imbécile orgueilleuse.

Kobolsian n'écouta pas Dulat en mettre une couche supplémentaire sur la police nationale. Etonnamment, Peti ne chargea pas Armelle, se contentant de dire qu'ils avaient fait ce qui leur semblait bon et nécessaire. Dulat faillit sortir de ses gongs quand il entendit ces paroles. Mais Pierre Peti souffrait tant qu'il ravala ses reproches.

Kobolsian, toujours à l'ombre du figuier, attendit que l'orage passe. Sa collègue le rejoignit et s'assit à même le sol.

— J'aurais aimé comprendre pourquoi Astier voulait que je vienne ici, fit Kobolsian en regardant au loin les pompiers charger un corps dans une des ambulances.

— Tu le connaissais ? demanda Armelle, consciente néanmoins que sa question était idiote.

— Non. Pourtant il tenait à ce que je sois là. Et je n'aurai jamais la réponse. Pourquoi mon nom ?

Cette énigme le hanterait longtemps. Qu'est-ce qui avait pu motiver le meurtrier à glisser son nom dans la main de sa victime ? La mort de Judith De Synth, comme celle du père Astier, trouvait une explication mais le mystère resterait entier pour le meurtre d'Andreani.

Entier ? Pas si sûr, pensa Kobolsian en reconnaissant parmi les spectateurs, toujours amassés devant la maison, les trois vieilles dames qu'ils avaient interrogées pour l'enquête.

— Dulat ? appela le flic en se levant.

Les feuilles du figuier au-dessus de sa tête jouèrent avec ses cheveux avant de le laisser repartir vers le gendarme.

Le major se tourna, fit un signe de la main en direction de Kobolsian, donna une dernière consigne à un de ses hommes.

— Elles savent pour la caisse, dit le flic en montrant à Dulat le trio.

Dulat, à son tour, les fixa.

— On garde votre idée de les emmener ailleurs ?

— Oui, il va falloir taper du poing sur la table.

— Chez vous ou chez nous ?

— Avec tout le merdier qu'Armelle vous a mis, je vous laisse la main.

Dulat sourit. Pour la première fois depuis l'assaut aberrant d'Armelle, il se déridait.

— Si vous n'avez rien contre l'hospitalité de la gendarmerie.

— Eh bien, allons-y.

Kobolsian tapa sur l'épaule du gendarme. Dulat hocha la tête.

— Et votre femme ?

— Stationnaire, répondit Victor le visage triste et marqué par la fatigue. Je vous remercie.

— On boucle ce soir, vous serez vite auprès d'elle.

— Merci, major.

Une heure plus tard, les trois femmes avaient pris place dans les voitures de la gendarmerie. On eut du mal à remettre la main sur Solange Trévor. Sa sœur s'alarma. Après dix minutes, ils la trouvèrent derrière la maison d'Astier. Comme à son habitude, elle sourit aux gendarmes venus la chercher.

Armelle, livide, était assise à la place du passager. Elle regardait droit devant elle, les mains jointes sur ses cuisses. Elle rentrait de plein fouet dans la réalité. Celle avec laquelle il faut vivre. Kobolsian savait que le chemin serait long avant qu'elle admette son geste. Certains de ses collègues qui avaient connu le même traumatisme n'avaient pu remonter la pente. On ne tue pas impunément. Cela n'existait que dans les films où les flics abattaient des truands et buvaient un verre après, se tapant dans le dos, juste avant le générique de fin.

Kobolsian se souvint du jour où il avait appuyé sur la détente et ôté la vie à un homme. La reconstruction avait été douloureuse mais la présence de Léa avait été importante dans cette étape sinueuse. Armelle, en instance de divorce, était seule pour faire face. Il espérait qu'elle serait forte ; malgré son erreur de l'après-midi, c'était un bon flic.

Seule Suzanne râla d'être obligée de descendre à la gendarmerie. Dulat la rassura. Non, cela ne serait pas long. Non, elles ne seraient pas laissées en rade au bord de la route et seraient de retour en début de soirée. Elisabeth Siromin ne dit rien, ni Solange.

30

Vingt minutes après avoir quitté Saint-Ambrose, les enquêteurs se garèrent sur le parking de la gendarmerie. Victor et Armelle n'avaient échangé que très peu de mots pendant le trajet. Dans la voiture de Dulat, Elisabeth Siromin demanda au major ce qui s'était passé chez Astier. L'homme resta volontairement évasif. Les sœurs Trévor se turent mais Solange avait toujours ce sourire, peut-être un peu moins prononcé, énigmatique à souhait.

La salle de réunion, qui allait servir de salle de mise au point, était fraîche. Composée d'une grande table entourée par plus de dix chaises, elle était austère. Même si quelques armoires vitrées remplies de petites voitures de collection habillaient les murs et que deux reproductions de Van Gogh occupaient l'espace restant, il s'agissait bien d'une salle de gendarmerie. Dulat, à peine à l'intérieur, vérifia l'écran digital de la climatisation. Il appuya sur le bouton « + » pour atteindre 21 °C. La machine se mit en branle non sans faire un chahut de tous les diables.

— Que voulez-vous, on fait avec ce que l'on a ou on ne fait pas, indiqua le major en haussant les épaules.

Cette remarque, presque une devise, amusa Kobolsian, mais il fut le seul à apprécier l'humour du gendarme.

Le policier invita chacun à s'asseoir. Armelle distribua des verres d'eau. Elisabeth remercia d'un petit hochement de tête. Suzanne Trévor ne broncha pas. Solange se jeta sur le gobelet en plastique qu'elle vida d'un seul trait.

— Solange ! gronda sa sœur d'un ton qui se voulait autoritaire mais qui n'eut aucun effet.

Armelle lui proposa un autre verre que la vieille dame accepta, les yeux pétillants.

Dulat prit la parole le premier. Kobolsian, en retrait, le laissa faire. Face à eux au bout de cette grande table, les trois vieilles dames.

— Je ne vais pas y aller par quatre chemins, commença le gendarme, debout derrière une chaise, votre ami Raymond Astier est décédé cet après-midi, assassiné par son fils. Nous pensons que Sylvain Astier a voulu abréger ses souffrances. Sachez qu'avant, il a tué Judith De Synth parce qu'elle voulait publier vos échanges lors de votre petite soirée. Si on ajoute Andreani, cela fait quatre morts pour une simple journée ordinaire dans un village de Provence.

— Trois, dit Suzanne d'une voix dénuée d'émotion.

— Pardon, madame Trévor ?

— Je dis trois, Astier, Andreani et cette journaliste. Cela fait trois morts et non pas quatre comme vous nous l'avez annoncé à l'instant.

— Non ! Quatre. Sylvain Astier a été abattu pendant l'assaut.

Dulat n'entra pas dans les détails. Kobolsian apprécia, Armelle aussi. Assise au fond de la salle, elle ne se sentait pas capable d'intervenir.

Les trois femmes, à l'annonce de la mort violente de Sylvain, encaissèrent mal le choc. Même s'il était difficile de deviner ce que pensait réellement Solange, Kobolsian remarqua qu'elle était ébranlée par le discours du major.

— Quatre morts pour une caisse dont nous ne savons rien pour l'instant. Son contenu nous sera révélé dans la soirée. Une équipe d'Aix est en route pour la mairie de Saint-Ambrose.

Cette fois Suzanne Trévor réagit. Elle se redressa sur sa chaise et faillit en tomber.

— Un problème, madame Trévor ?

La vieille dame rougit et ses yeux s'embuèrent.

— Non, non, murmura-t-elle.

— Donc, mesdames, l'heure des confessions a sonné. Nous avons besoin de savoir ce que vous vous êtes dit. Nous avons besoin de connaître la vérité sur cette caisse et son histoire.

— Qui vous dit que nous la connaissons ? interrogea Suzanne tout à coup revigorée.

— Suzanne, soupira Elisabeth, arrête s'il te plaît.

— Arrêter quoi ? Nous ne savons rien et...

— Pourquoi, Suzanne ? insista Elisabeth

— Mais parce que ma sœur et moi...

Solange se leva d'un bond et hurla :

— TA GUEULE ! Il faut qu'ils sachent.

L'assemblée fut surprise par l'intervention de Solange. Le vocabulaire employé et le volume de sa voix, que Dulat et les autres entendaient pour la première fois, désarçonnèrent l'assistance. Suzanne, stupéfaite, ne put rien ajouter.

— Je crois qu'il est temps de dévoiler la vérité, fit Elisabeth.

Dès lors, personne ne l'interrompit.

— Sachez, avant de commencer, major, qu'une partie et pas des moindres de cette histoire nous a été révélée hier soir par ce salopard d'Andreani.

Le ton était donné. L'introduction faite, Elisabeth Siromin but une gorgée d'eau et poursuivit son récit.

— Nous avons tous grandi ici, comme vous le savez déjà. La guerre nous a cueillis presque adultes. Parmi les garçons présents, certains se sont rêvés héros, d'autres n'ont cherché qu'à profiter de la situation. Nous étions un petit groupe. Suzanne et Solange Trévor, César Andreani, Raymond Astier, Elzéar Mondrian, Aubin Bartolemo et moi-même. D'autres filles et garçons se joignaient parfois à nous mais le noyau dur était composé exclusivement de ceux que je viens de vous citer. Aubin a été mon premier et grand amour. Jusqu'à hier soir, je ne savais pas vraiment quel avait été son rôle, juste avant que la caisse disparaisse. Nous avons vécu le début de la guerre comme des enfants qui, mille fois, ont entendu les horreurs de la Grande Guerre. Nos parents ont pleuré dans l'obscurité de leurs chambres quand ils ont entendu l'ordre de mobilisation. Heureusement, les garçons étaient trop jeunes pour partir sous les drapeaux. Croyez-moi, ils ont fait les fanfarons. A les entendre, avec eux soldats, la guerre aurait été gagnée cent fois. Elzéar était le plus exalté. Vous l'auriez vu tenir des discours enflammés sur la Résistance, sur de Gaulle. Andreani lui rabattait son caquet en lui disant que son général d'opérette était planqué en Angleterre pendant que les Français souffraient. Mais bon, je ne vais pas vous raconter toute notre vie à cette époque et cela pour plusieurs raisons : un, cela n'aurait aucun intérêt et deux je ne suis pas sûre de me souvenir de tout.

— Tu vois, Elisabeth, souligna Suzanne Trévor, ta mémoire te fait défaut, alors pourquoi vouloir...

— Tais-toi donc, coupa énervée Elisabeth, s'il y en a une ici qui a été marquée par les propos d'Andreani, c'est bien moi. Alors laisse-moi parler.

Dulat et Kobolsian n'intervinrent pas. Armelle Boucher semblait revenir au monde, concentrée sur les paroles de la vieille dame.

— Continuez, madame Siromin, dit Kobolsian d'une voix rassurante.

— Merci, capitaine. Ce n'est pas facile d'évoquer ces souvenirs. Pour ma part je dois vous avouer que cette histoire était oubliée depuis bien longtemps. Quand Andreani m'a téléphoné, il y a deux jours, j'ai eu comme un flash. Tout m'est revenu. L'effet d'une grande paire de gifles... j'ai pleuré toute la soirée. Allez savoir pourquoi, ma mémoire avait effacé cette partie de ma vie.

L'atmosphère pourtant fraîche de la pièce s'alourdissait au fil des mots si pénibles pour Elisabeth. De nouveau, elle porta le verre à ses lèvres. Sa main tremblait. Elle prit une grande inspiration et continua :

— En novembre 42, quand Hitler a décidé d'envahir la France tout entière, le choc a été rude. Au village, nous vivions la guerre par procuration, l'ennemi semblait loin... Là il arrivait avec ses uniformes noirs et ses cohortes maudites. Nous étions terrifiés. Pendant un an, tout le monde s'est tenu à carreau. Il y avait peut-être des résistants mais nous ne le savions pas. En tout cas, nous les filles. J'ai appris bien plus tard qu'Elzéar essayait de rejoindre un réseau. En vain. Il agissait seul, parfois accompagné d'un gars du village, et sabotait ce qu'il pouvait. Jamais de grandes actions mais à lui tout seul, il a dû bien les faire tourner en bourrique, les SS. Ni Andreani, ni Astier et encore moins Aubin ne s'en sont mêlés. La France à cette époque n'a pas été très courageuse. Ici comme ailleurs, on est restés chez nous. On n'a pas relevé la tête. Les résistants, les vrais, ceux de la première heure, ceux qui ont été arrêtés, torturés ou déportés, n'ont pas été si nombreux que ça à Saint-Ambrose. Je ne vous parle pas des résistants de fin 44-début 45, ni même des résistants d'après-guerre. Andreani et Astier furent des lâches comme tant d'autres. Ils auraient juste pu rester des médiocres se faisant passer pour des héros, mais ce 27 août 43 ils sont devenus des assassins, et avec eux Aubin. Vous savez, major, Aubin était un jeune homme bien mais influençable. Sans eux, je serais mariée avec lui aujourd'hui. Enfin c'est comme ça et je ne pourrai jamais revenir en arrière. Quelques jours plus tôt, le 20 août si mes souvenirs sont bons...

Elisabeth jeta un regard aux sœurs Trévor. Les deux femmes acquiescèrent de concert.

— Ce 20 août, à quelques kilomètres au-dessus de Saint-Ambrose, la Résistance a attaqué un petit convoi de l'armée allemande. D'après Elzéar, ce fut un massacre. Il n'était pas très loin quand l'affrontement a eu lieu. Quand tout fut fini, il s'approcha, intrigué de ne rien entendre. Ils s'étaient entretués. Seul un maquisard vivait encore. Elzéar essaya de le sauver mais il n'avait aucune connaissance médicale. L'homme mourut les tripes à l'air avec à ses côtés une...

— ... une caisse en bois, coupa Suzanne.

— Exactement, la fameuse caisse. Elzéar, avec l'aide d'Andreani, d'Astier et d'Aubin, l'a cachée dans sa cave. C'était la maison la plus proche. Je me souviens encore de leurs visages. Ils avaient les traits tirés par la fatigue d'une nuit sans sommeil mais une excitation sans borne les illuminait. On aurait dit des gamins ayant découvert un trésor. Et c'était tout à fait ça. Ils se sont jetés sur un pied-de-biche, Andreani était à la manœuvre. J'entends encore le bois craquer. Lentement ils ont soulevé le couvercle. Je n'ai jamais vu autant de lingots d'or. Plein de petits lingots d'or. Et des liasses de billets aussi. Nous étions fous au-dessus de cette caisse. Nos yeux brillaient mais l'éclat n'était pas le même dans ceux d'Elzéar ou dans ceux d'Andreani. Trop excités, on ne l'a pas compris tout de suite. Je suis persuadée qu'Andreani avait déjà en tête de tout garder pour lui. Elzéar avait une autre idée. Ce soir-là, nous sommes rentrés chez nous sans prendre aucune précaution. A peine eus-je fermé la porte de chez moi qu'un camion et une voiture de l'armée allemande ont déboulé en trombe dans le village. La terreur m'a habitée pendant plusieurs jours. Aubin essayait de me rassurer mais la rumeur sur les représailles allemandes me glaçait le sang. On disait qu'ils prenaient des gens au hasard et qu'ils les fusillaient dans le meilleur des cas. Les garçons nous ont tenues au secret les quarante-huit heures qui ont suivi. Aubin ne voulait rien me dire, je voyais bien qu'il avait changé. Je ne l'ai pas compris sur le moment. Au début j'ai mis ça sur le compte du stress que provoquaient les SS patrouillant dans toute la région. Non, Andreani l'avait déjà embrigadé. J'ai su hier soir qu'Astier n'était pas très emballé mais il a toujours été un faible, à la botte d'Andreani. Donc le troisième jour, nous nous sommes retrouvés chez Elzéar, dans sa cave. La caisse avait de nouveau son couvercle mais des chaînes l'entouraient de part en part. Elzéar avait passé la nuit à tout sceller. Vous auriez vu la tête d'Andreani quand il comprit qu'Elzéar ne permettrait à personne de puiser dans l'or des nazis... « L'or n'est pas pour nous », a lâché Elzéar en fixant du regard tour à tour Astier, Andreani et Aubin. Nous étions autour d'eux. Andreani a explosé. Je me souviens d'avoir sursauté. Il hurlait sur Elzéar. L'or était à tout le monde. Ce serait leur revanche sur les Allemands, et ces années de privations justifiaient bien qu'on se serve à notre tour. La guerre allait s'achever bientôt.

« On sera tous contents d'avoir les poches bien garnies quand les boches partiront. » Andreani répétait cette phrase sans cesse. Il fulminait comme un beau diable.

Les brumes du passé envahirent la pièce. Elles se glissèrent parmi l'auditoire et attirèrent à elles Dulat, Kobolsian et Boucher. Doucement, au fil du récit d'Elisabeth, ils se projetaient dans cette cave, à la fin de l'été 43, en retrait, à regarder se jouer la scène.

— Elzéar ne s'est pas laissé faire, continua Elisabeth. Il lui a rétorqué que cet or était à la Résistance et que c'était une prise de guerre. Si on voulait gagner la guerre, il fallait de l'argent, beaucoup d'argent. Je me souviens qu'Elzéar était exalté. Enfin, il pouvait jouer un rôle. Andreani s'est moqué de lui en demandant comment il allait faire pour trouver la Résistance. « Cela fait quatre ans que tu les cherches, jamais ils ne t'ont fait signe, et tu veux leur donner notre or ? Eux qui te prennent pour un moins que rien. » Ses paroles ont fait mouche. Elzéar a été vexé par la pique de César. Nous n'étions que des gamins et, c'est vrai, Elzéar n'avait pas réussi à entrer dans un véritable réseau. Avec cet or, il avait une carte à jouer. « Pour l'instant l'or reste là. » Le ton d'Elzéar était sans appel. Andreani et Astier partirent les premiers. Furieux. Aubin est resté avec moi après le départ des sœurs Trévor. Il a tenté à son tour de convaincre Elzéar de partager, quitte à donner la plus grosse part à la Résistance. Après tout nous avions le droit à un peu d'or nous aussi. Elzéar n'a rien dit. Il nous a juste montré la porte. C'est la dernière fois que je le voyais.

Elisabeth ferma les yeux.

— Madame Siromin, voulez-vous que nous fassions une pause ? demanda Dulat.

— Non, major, cela va aller. Tout ce que je vais vous dire maintenant nous a été rapporté par Andreani hier soir.

— Très bien, madame, nous vous écoutons.

Elisabeth sourit tristement. Raconter cette histoire était une véritable torture mais elle devait le faire. Aubin, ce soir-là, l'avait trahie. Une seule nuit pour que la vie bascule dans l'enfer. Elle n'oublierait jamais les jours qui avaient suivi ce 27 août. Aubin n'avait plus donné signe de vie, ni Elzéar non plus. Andreani et Astier l'évitaient.

— Avant tout, sachez qu'Andreani a pris un plaisir sadique à nous révéler la vérité. Pourquoi ? Je n'en sais rien. Rien n'est en son honneur, bien au contraire. Il aurait très bien pu mourir avec ses secrets. Je crois que j'aurais préféré ne pas connaître la vérité. La découverte de la caisse l'a mis hors de lui. Il l'avait eue devant les yeux pendant toutes ces années. Elle lui échappait une nouvelle fois. Il s'est vengé en nous jetant au visage ce qu'ils avaient fait. Quand Andreani comprit qu'Elzéar ne ferait pas machine arrière, qu'il ne servirait à rien d'essayer de le convaincre à nouveau, il prit la décision de s'emparer du trésor coûte que coûte. Par tous les moyens, même les plus sombres… Hier soir, quand je l'ai menacé d'aller voir la police pour le dénoncer, il a ri en m'envoyant à la figure qu'il y avait prescription depuis belle lurette.

Elisabeth soupira, les mains jointes sur la table, devant son verre d'eau à moitié vide.

— Andreani savait qu'Elzéar ne laisserait pas la caisse dans sa cave indéfiniment. Il confia à Astier le soin de surveiller leur ami nuit et jour. Il fallait qu'il sache à tout moment où il était et ce qu'il faisait. En fait, des trois garçons, Astier était le moins courageux et à coup sûr il aurait refusé d'être impliqué dans leur sinistre plan. Ce n'était pas un assassin et je ne pensais pas qu'Aubin puisse l'être avant qu'Andreani nous raconte tout. Elzéar se doutait que la caisse, même s'il l'avait entourée de chaînes, n'était pas en sécurité dans sa cave. L'avidité et la cupidité des autres n'avaient pas de bornes. Elles ne se laisseraient pas arrêter par quelques maillons mal soudés. Sans savoir qu'Astier allait le trahir, Elzéar lui indiqua au petit matin de ce 27 août qu'il était temps de faire disparaître la caisse. Selon lui, le lac noir serait une cache parfaite en attendant de confier le trésor à la Résistance. Astier fit semblant d'être d'accord. A peine Elzéar eut-il tourné le dos qu'Astier partit en courant prévenir ses amis. A cet instant précis, Elzéar était condamné. Aubin, d'après Andreani, se proposa d'abattre Elzéar une fois que celui-ci aurait déplacé la caisse. Ils auraient ensuite tout le temps de se partager le magot.

Elisabeth s'arrêta net. De longues larmes coulaient sur ses joues.

— Comment Aubin a-t-il pu faire cela ? Je n'arrive pas à le croire. Il était l'homme que j'aimais. Bien sûr, comme tous les jeunes de son âge, il se battait parfois à la sortie d'un bal, mais jamais il ne s'était montré violent. Par quels moyens Andreani lui a-t-il lavé le cerveau ? A l'époque nous n'avions pas beaucoup d'argent, ni sa famille ni la mienne, mais c'était le lot de tout le monde ici. Nous devions nous marier à la fin de la guerre. A force de travail, nous aurions réussi à construire une famille, un avenir. Mais non, Andreani a tout détruit. J'en arrive à remercier Sylvain de l'avoir poignardé et je m'en veux de ne pas avoir eu le courage de le faire moi-même.

Dulat allait intervenir mais, au dernier moment, préféra se taire.

— Ils ont guetté Elzéar ce soir-là. Ils l'ont traqué comme une bête. Sa maison n'était qu'à moins d'un kilomètre du lac noir. Ainsi, il n'aurait pas à traverser le village avec son trésor et éviterait les risques de tomber sur une patrouille allemande. Il passa par les champs. Aubin fit le tour en courant, alla se cacher avec son fusil dans des bosquets au bord du lac. Astier et Andreani restèrent à l'entrée du bois. Ils ne voulaient pas se montrer et faire capoter leur opération meurtrière. Ils attendraient là Aubin, une fois débarrassé d'Elzéar. C'est ce qui leur sauva la vie. La région était truffée d'Allemands à la recherche de la caisse et des partisans de la Résistance. Son meurtre accompli, je suppose qu'Aubin est tombé sur les Allemands. Elzéar est certainement au fond du lac à l'heure actuelle. Nous n'avons jamais retrouvé son corps. Jamais Astier et Andreani ne mirent la main sur cette caisse. Raymond refusa de chercher et se détourna d'Andreani. Je me souviens, peu de temps avant de quitter Saint-Ambrose, d'avoir vu Astier rôder près de chez moi. Il hésitait et n'a jamais osé me parler. Andreani a fouillé le lac, la forêt. Rien. Il a cru que les Allemands avaient mis la main sur la caisse. Comme quoi il y a bien une justice divine. Il est devenu fou quand il a su que vous l'aviez découverte sous son nez et à sa barbe. Par sa faute, Elzéar et Aubin sont morts. Vous vouliez la vérité, capitaine. La voici. Ne me demandez pas pour autant d'expliquer le geste de Sylvain. Je n'en chercherai pas la raison, même si je l'en remercie. Mais jamais je ne comprendrai celui d'Aubin, non, jamais.

Elle arrêta là son récit. Les sœurs Trévor pleuraient. Un silence pesant s'installa. Les représentants des forces de l'ordre ne dirent rien de plus.

Un gendarme poussa la porte pour donner une grosse enveloppe au major.

— On a trouvé ça dans la chambre de Sylvain.

Dulat l'ouvrit et fit glisser sur la table toute une série d'articles qui n'avaient qu'un sujet : Victor Kobolsian. Des dizaines de coupures de presse dans lesquelles la carrière du flic était retracée. Sur chaque papier, son nom était surligné d'un coup de Stabilo bleu ou rose.

Le capitaine feuilleta les pages des journaux où s'étalaient toutes les étapes de son parcours professionnel face au major qui ne put que s'extasier devant tant de louanges.

— Eh bien, capitaine, que d'éloges !

— C'était dans une autre vie, major, avant que je n'arrive ici.

Armelle, curieuse, se leva et s'approcha.

— Tu ne m'avais jamais raconté, constata-t-elle en prenant ce qui semblait être l'article le plus long illustré d'une photo de Kobolsian jeune.

— C'est comme ça, conclut-il.

— Astier vous suivait depuis longtemps, dit le major. Allez donc savoir pourquoi ! C'était peut-être un maniaque d'affaires criminelles comme il y en a tant aujourd'hui. Après son geste, il a mis votre nom sur la scène de crime. Cela lui a permis, consciemment ou non, de se déculpabiliser, c'était à vous de faire le boulot pour remonter jusqu'à lui. Il devenait acteur et spectateur. Vous étiez pour lui une sorte de héros de papier.

— Alors pourquoi se retrancher ? interrogea Kobolsian pas vraiment convaincu par ces propos.

— Astier étant mort, beaucoup de questions vont rester sans réponse, souligna Dulat en remettant de l'ordre dans les articles avant de les replacer dans l'enveloppe.

Dulat revint aux trois femmes.

— Mesdames, excusez-moi, j'ai une dernière question. Comment Astier a-t-il réagi face aux révélations d'Andreani ?

Ce fut au tour de Suzanne Trévor de prendre la parole.

— Mal, très mal. Il était hors de lui. Quand César nous a avoué le meurtre d'Elzéar et la participation de Raymond, indirecte mais réelle tout de même, nous avons toutes cru qu'il allait frapper Andreani. Il hurlait que jamais son père n'aurait pu faire une chose pareille. Je crois qu'il a pété les plombs, comme vous dites aujourd'hui, lorsqu'il s'est rendu compte que la journaliste allait en faire ses choux gras et révéler toute la vérité.

— Nous avons eu peur, continua Elisabeth d'une voix tremblante.

— Et la disparition d'Aubin et d'Elzéar ? demanda Dulat.

— Le lendemain, répondit Elisabeth, nous avons su que les Allemands avaient tué Aubin, son corps fut exposé, pendu à un arbre, horriblement mutilé. Elzéar ne donnant aucun signe de vie, nous avons supposé que lui aussi avait été assassiné. Saint-Ambrose avait ses héros.

Dulat les fit raccompagner à Saint-Ambrose. Le soleil déclinait mais la chaleur était toujours présente. Elisabeth Siromin leur demanda s'ils pouvaient lui commander un taxi qui l'attendrait devant l'hôtel, elle n'avait aucune envie de passer une nuit de plus ici. Les sœurs Trévor feraient de même.

En regardant partir les trois femmes, Kobolsian eut le sentiment tenace que tout n'avait pas été dit.

31

L'affaire de Saint-Ambrose était résolue. La presse tenta de s'en emparer mais le public voulait savoir ce que contenait le coffre, détails qu'elle ne pouvait donner, et les supputations allaient bon train. La caisse était partie dans les locaux de la gendarmerie de Marseille pour un examen approfondi avant ouverture. Le major Dulat, le maire, le photographe, les deux policiers seraient alors convoqués. Mais Kobolsian n'en avait aucune envie ni même Armelle qui venait de prendre une remontée de bretelles en plus d'une suspension. Une enquête interne était aussi menée pour mieux comprendre les tenants et les aboutissants de la fusillade.

Kobolsian était maintenant disponible. Comme si c'était dans l'ordre logique des choses, Léa était sortie du coma. Victor appela sa collègue sur son portable pour lui donner des nouvelles de sa femme.

— Je suis heureuse pour toi, Victor.

La voix d'Armelle était peu assurée. Elle devait en passer par là pour se reconstruire.

— Ne baisse pas les bras, Armelle, t'es un bon flic.
— Merci.

Les couloirs de l'hôpital lui parurent moins sombres. Il vit même certains détails que la douleur et l'angoisse avaient occultés. Des plantes vertes, une machine à café, des panneaux indiquant qu'une cafétéria servait des repas jusqu'à 20 heures, des salles d'attente remplies de personnes qui pour certaines priaient que cette visite soit une visite de routine.

L'infirmière vint à la rencontre de Victor quand elle l'aperçut au bout du couloir. Elle lui prit le bras, l'entraîna doucement vers la chambre de Léa. Autour d'eux, nombreux étaient ceux qui attendaient de faire le grand voyage. Kobolsian fit tout pour ne pas les voir par les rares portes entrouvertes.

— Monsieur Kobolsian, votre femme est revenue. D'après le docteur Roux, il ne devrait pas y avoir trop de séquelles.

« Trop de séquelles ». Les mots glacèrent Victor mais pour l'instant il voulait juste la voir.

Allongée, branchée, reliée à ces machines, Léa tourna sa tête vers lui et sourit.

Kobolsian laissa couler ses larmes. Il prit la main de sa femme et ne la lâcha plus.

32

Septembre s'achevait, laissant à ceux qui venaient de le vivre à Aix-en-Provence le goût doux et sucré d'une arrière-saison radieuse. Les chaleurs d'août étaient oubliées, les touristes repartis, même si la ville donnait l'impression d'être assiégée de façon permanente. Les couleurs d'automne prenaient place, sans se presser. Ici on avait le temps, même si le monde entier s'escrimait à dire le contraire. Aix était belle en ce début octobre.

Le week-end précédent, Léa était sortie pour la première fois de la maison. Sa convalescence se passait pour le mieux. Les fameuses séquelles qui avaient alarmé Victor se résumèrent à des maux de tête à répétition s'estompant avec les semaines. Les facultés motrices et intellectuelles n'avaient pas été endommagées, ce qui avait fini de rassurer le couple.

— Tu crois que je pourrai recourir un jour ? lui demanda-t-elle alors qu'elle regardait tristement sa paire de baskets oubliée dans l'entrée.

Kobolsian lui sourit.

— Un peu, mon neveu. Mais plus question d'aller te perdre dans la campagne.

Kobolsian s'offrit un mois de congé. Il tenait à profiter de Léa et à être présent à chaque heure de sa convalescence. Au fil du temps, le couple se retrouva, Léa lovée dans les bras de Victor, protecteur et fou amoureux.

Au commissariat, Armelle, elle aussi, fit une pause. Abrest préféra l'écarter des affaires courantes. Deux semaines au vert, vers Aix-les-Bains. Elle ne donna de nouvelles à personne, ni à son futur ex-mari, ni à Victor, qui à trois reprises tenta de prendre contact.

Elle se coupa du monde et n'apprit rien de la caisse. Là où elle était, elle n'intéressait personne, ni son histoire ni les lingots découverts à l'intérieur. S'il y avait eu une guerre, Armelle ne l'aurait pas su.

A son retour, ses collègues l'entourèrent mais la vie du commissariat reprit le dessus et Armelle Boucher, qu'elle fût traumatisée ou non, dut faire face à son quotidien de flic. Elle n'essaya pas de se faire aider. Elle vécut les premières nuits les yeux ouverts, en état quasi hypnotique. Les cauchemars l'assaillirent : elle se voyait face à Astier, l'arme braquée sur lui, mais au moment de tirer le visage d'Astier se transformait, prenait l'apparence de son père, de son mari, d'hommes qu'elle avait aimés ou de Victor. Elle décida de ne pas lutter avec son subconscient, de le laisser s'évader. Elle encaissait le choc à sa façon. La guérison fut longue, éprouvante, mais Armelle se rétablit. D'elle-même, elle décida qu'il était temps de reprendre le travail et la routine si familière qui remplissait sa vie d'avant. Abrest lui annonça que la légitime défense était la thèse accréditée par le procureur, qu'il n'y aurait aucune sanction prise contre elle. Mais il lui faudrait se soumettre à des visites chez un psy qui avait une permanence chaque jeudi en fin de journée au commissariat.

Armelle n'eut d'autre choix que d'accepter.

Un après-midi, Armelle passa voir Victor et Léa. Elle trouva le couple chez lui et vit que malgré l'accident Léa se portait bien. Victor lui expliqua que le chauffard avait été mis dans un institut spécialisé fermé. L'homme cherchait toujours à rejoindre son épouse morte sept ans plus tôt.

— Il arrivera à s'échapper à nouveau, j'en suis sûr, dit Victor en regardant son épouse.

Il comprenait cet homme. Il eut un frisson en pensant à la maladie d'Alzheimer et à l'état dans lequel elle mettait ceux et celles qui en souffraient.

Octobre marqua le retour du froid et celui, attendu, de Victor Kobolsian au commissariat. Son patron le reçut dans son bureau, lui offrit un classique Nespresso, lui tint un discours réconfortant et le renvoya à ses affaires courantes.

Mi-novembre, l'activité battait son plein. Armelle et Victor, la tête dans le guidon, avançaient dans l'horreur quotidienne de leur métier. Ce jour-là, ils étaient à la machine à café pour le premier expresso de la journée. Abrest sortit en trombe de son bureau en hurlant leurs noms. Les deux flics arrivèrent, gobelets à la main, habitués à ce genre de convocation.

— Asseyez-vous, fit le patron sur les nerfs.

Armelle obtempéra mais pas Victor. Il tournait lentement le bâtonnet en plastique qui faisait office de cuillère, appuyé à un des montants de la bibliothèque.

— L'affaire Saint-Ambrose, cela vous dit quelque chose ?

Les deux flics se regardèrent, surpris que l'on remette sur la table une histoire classée.

— On vient de retrouver les sœurs Trévor mortes chez elles.

— Pardon ?

— Suicide, mort naturelle ou meurtre, on verra plus tard.

— Pourquoi nous ?

— Allez sur place et vous comprendrez.

Abrest les renvoya d'un geste de la main, non sans leur avoir donné sur un Post-it rose l'adresse des deux sœurs.

33

Aix-en-Provence avait le défaut de sa beauté. Une ville où les voitures n'étaient les bienvenues ni à l'extérieur ni intra-muros. Toute sirène dehors, Victor et Armelle se garèrent sur la place de la mairie. Ils passèrent sous l'horloge et prirent la rue Gaston-de-Saporta. Les sœurs habitaient au-dessus d'une épicerie, juste en face d'une minuscule boutique offrant aux passants des jus de fruits frais. Deux ambulances bloquaient la rue, précédées d'une voiture marquée POLICE NATIONALE et d'une autre, banalisée, dont le gyrophare bleu tournait toujours. L'escalier était large, assez bien éclairé. Le premier étage, inoccupé, servait de réserve au magasin. Le deuxième étage comptait deux logements, celui des sœurs Trévor et un autre loué à des touristes. A l'entrée de l'appartement, les pompiers attendaient qu'on leur donne l'ordre de lever les corps. Un légiste s'affairait sur une des sœurs affalée dans un fauteuil. Victor reconnut Suzanne. Il s'avança dans le couloir pour découvrir dans une chambre Solange allongée sur le lit, paisible, serrant entre ses mains une grande enveloppe.

Un flic se retourna quand Kobolsian s'approcha.

— Dis donc, t'es un habitué des convocations sur place. Saint-Ambrose cet été et Aix pour l'hiver.

Kobolsian ne comprit pas tout de suite les allusions de son collègue. Puis il vit l'enveloppe, sur la poitrine de Solange.

Armelle réagit.

— Il y a ton nom dessus.

Kobolsian pencha la tête pour lire. Il devint blême.

— Qu'est-ce qu'il y a ? s'inquiéta Armelle.

— Tu ne remarques rien ?

— Non. Quoi ?

— Là, sur l'enveloppe ?

— Ton nom ?

— Non, je te parle de la calligraphie et de la couleur de l'encre.

— Et merde, dit Armelle en comprenant.

Ils avaient sous les yeux le nom de Victor Kobolsian et il n'était pas difficile de constater que l'écriture était semblable à celle du mot retrouvé sur le corps d'Andreani, les mêmes lettres rondes, le même bleu.

Les deux flics se regardèrent, interloqués. Ils enfilèrent une paire de gants en latex. Avec précaution, alors qu'Armelle soulevait les bras de la vieille femme, Kobolsian saisit l'enveloppe.

Il la décacheta et en tira une liasse de feuilles. L'écriture qui courait tout au long de ces pages était la même.

Le capitaine dit d'une voix faible à Armelle qu'il souhaitait rester seul. Surprise, elle eut juste le temps de déchiffrer la première ligne :

« Mon cher Victor... »

« Mon cher Victor,

Sache, mon enfant, que mon récit provoquera beaucoup de questions auxquelles je ne pourrai pas répondre car je ne serai plus là au moment où tu liras ces pages. Tu as le droit de m'en vouloir mais c'est ainsi. De ton côté tu n'y peux rien, je suis encore désolée de t'avoir mêlé à ces événements. Du mien, des années de lâcheté ont eu raison de moi. Tu connaîtras la vérité après ma mort. Tant pis.

Il est temps maintenant que tu comprennes. Tout d'abord mon comportement vis-à-vis des autres. Depuis ma plus tendre enfance, j'ai été différente, en retrait, parce que je parlais peu et souriais beaucoup. Au fil des années, cette façon d'être m'a permis de me construire une carapace. Je pense que si le passé avait été différent, si cette nuit du 27 août n'avait pas existé, je serais maintenant une grand-mère choyée par sa famille, par toi aussi.

Je t'imagine, après avoir lu ces mots, ouvrant de grands yeux. Tu as les mêmes que ton père et surtout que ton grand-père. Ce n'est pas facile de se confier, de raconter toute la vérité.

Ma vie n'a pas spécialement été drôle mais j'ai fait avec. Garder le silence, passer pour une douce folle-dingue a été ma façon de vivre pour traverser ces années en écoutant, en me faisant oublier, en souffrant moins peut-être. Tu ne peux pas savoir de quoi les gens sont capables quand on est invisible. Je n'existais pour personne. Encore moins pour ma triste sœur, qui me traînait comme un boulet.

Enfant, j'étais un peu lente. Je prenais le temps pour chaque chose : marcher, manger proprement, parler. Gamine, je suis passée aux yeux du village, ma famille comprise, pour une débile légère, et j'ai été traitée de la sorte : par du mépris, du dégoût et de l'ignorance. Pour certains, je n'existais pas, une vague peinture humaine, un fardeau pour mes parents. Je revois encore les vieilles pies de Saint-Ambrose se signer à mon passage. Qu'elles crèvent... Je vivais à mon rythme. Je suppose qu'aujourd'hui des pédopsychiatres m'auraient aidée et que je serais devenue quelqu'un d'autre. Mais à l'époque, il n'y avait rien à faire.

Je ne suis pas beaucoup allée à l'école. L'instituteur trouvait que j'étais peut-être consciencieuse mais trop lente pour sa classe. Je le revois encore devant ma mère expliquer avec suffisance qu'il ne me garderait pas et qu'il serait mieux que je reste chez moi. Je savais lire et écrire, compter approximativement. A quoi bon vouloir en savoir plus ?

A la maison, je changeai de statut passant de « fille pas très finaude » à « bonne à tout faire ». Suzanne m'en a fait baver, elle qui avait la chance d'aller à l'école. Moi je passais mon temps à récurer, laver, faire les courses... Un souffre-douleur, voilà ce que je fus.

"Remue-moi ça. Passe-moi ci. Fais-moi mes lacets, etc. etc."

La pire de toutes était une vieille cousine qui venait de Valence une fois l'an après le carême. Elle était grosse et sale, ruisselant même par grand froid. A chaque fois, à peine assise sur une de nos vieilles chaises, elle tendait en avant ses chaussures crottées et me fixait d'un air mauvais.

"Toi la bredine, faut bien que tu serves à quelque chose. Masse-moi donc les pieds."

Dieu qu'ils puaient ! Même à travers le cuir des chaussures, ils embaumaient la pièce. Je me retenais de vomir. Un matin, pour me venger, j'ai versé dans son thé une bonne moitié d'une potion laxative que ma grand-mère utilisait quand ses boyaux la faisaient souffrir.

Ma vieille cousine a passé toute sa matinée au fond du jardin dans des toilettes de fortune. Le médecin est arrivé à midi. A 16 heures, elle partait pour le dispensaire d'Aix. Nous avons dû brûler le matelas et les draps, irrécupérables, et laisser la fenêtre de la chambre ouverte deux jours pour en chasser l'odeur. Deux semaines après elle mourait. Mon premier méfait, je te l'accorde, Victor, mais involontaire. Je n'ai jamais autant souri que ce jour-là.

Pendant longtemps je ne me suis pas rendu compte de mon état ni du comportement délibérément méchant de mon entourage. Je subissais, tout simplement.

Grâce à ma tante et au cahier qu'elle m'avait offert, je me suis révélée à moi-même sans pour autant m'ouvrir aux autres. Je n'en éprouvais aucune envie. Par contre écrire, mettre ma vie à plat, confier au papier mes bonheurs, mes souffrances, me procura un immense plaisir que je conserverai jusqu'à mon dernier souffle puisque cette lettre sera mon testament.

J'avoue au début avoir eu un mal fou à aligner deux mots, mais l'expérience et la découverte de la lecture m'ont aidée.

J'ai lu en cachette des heures durant ne comprenant pas toujours tout mais j'ai aimé cette enfilade de mots, de phrases, ce tourbillon merveilleux qui m'entraînait ailleurs, où personne ne se moquait de moi.

Ce petit carnet, que tu trouveras dans mes affaires, est resté longtemps fermé. Je n'en voyais pas ou n'en comprenais pas l'intérêt, moi qui n'allais plus à l'école depuis si longtemps. Ma tante m'a tout de même expliqué que ce carnet me servirait à m'épancher, à me confier. Tu aurais vu la tête de ma mère, qui n'appréciait pas du tout qu'une fille de bonne famille, aussi siphonnée soit-elle, puisse cacher des secrets. Ici je n'avais pas le droit d'en avoir, comme je n'avais pas le droit d'avoir de vie propre. Tout devait transiter par ma sœur et ma mère, tout, absolument tout. Alors je faisais comme si de rien n'était pour me faire oublier. Ne crois pas non plus que j'aie été une

Cosette maltraitée par deux femmes cruelles. J'étais juste différente à une époque où la différence n'était pas la bienvenue. Pour en revenir à ce carnet, je crois que je l'aurais oublié si un événement hors du commun ne s'était pas produit. Pour la première fois, j'ai ressenti un sentiment fort pour quelqu'un, comme jamais cela ne m'était arrivé auparavant. Ce que d'autres appellent le coup de foudre, sur un marché, en croisant pour la première fois l'homme le plus important de ma drôle de vie : Elzéar. Jamais mon corps et mon esprit n'eurent une telle réaction. En fait je restai là, bouche bée, l'air encore plus bête que d'habitude, à contempler une apparition, celle d'un miracle fait homme.

Elzéar est entré dans mon cœur tel un rayon de soleil. Je sais, cette phrase est d'une banalité sans nom, déjà lue mille fois, mais pourtant si vraie. Il fut ma lumière secrète pendant toutes ces années, une lumière si forte, si intense, que plus rien dans ma vie n'aurait un tel éclat. A part ton père peut-être.

As-tu déjà eu cette sensation étrange de savoir que telle ou telle personne t'était destinée ? Que celui que tu viens de croiser et qui, lui, ne t'a pas vu, est l'âme sœur ? Pas la peine d'aller chercher ailleurs, de se poser mille questions, d'imaginer qu'un autre sera capable de nous détourner de notre propre vision avec de si belles œillères. As-tu ressenti la même chose quand tu as rencontré Léa ?

Pendant le trajet de retour du marché, j'essayai tant bien que mal de comprendre ce qui m'arrivait, mais j'étais incapable de mettre un mot après l'autre dans mon esprit survolté. Je ne voyais que le visage de ce jeune homme et je l'imaginais déjà me serrer dans ses bras. Ma sœur me gifla presque pour que je revienne à moi, me traitant à nouveau d'attardée mentale. Les tâches quotidiennes accomplies, je me suis retirée dans ma chambre. J'ai eu envie de me confier, de parler à quelqu'un de ce que je venais de vivre. Le carnet s'est imposé à moi et j'ai tout retourné avant de le voir réapparaître. Crois-moi, Victor, les mots ont mis du temps avant que je n'arrive à écrire une ligne droite. Si mes souvenirs sont bons, j'ai dû arracher les deux ou trois premières pages, incapable de faire comprendre à ce beau papier les sentiments qui couraient dans mon cœur et dans mes veines. Ce fut pour moi le début d'une autre vie. Celle où j'écrivais à l'abri du regard des autres, où mon âme s'épanchait sans que personne ne le sache. Les mots ne sont pas venus tout seuls, je devais me battre avec le peu d'instruction que j'avais reçue sans plaisir. L'instituteur avait décrété qu'on ne ferait rien de moi, même pas une épouse, juste une souillon aux crochets de sa famille. Les livres furent mon salut. Tu te doutes bien que chez nous il n'y en avait point. C'est encore ma tante qui lors d'une de ses visites a oublié dans sa chambre un petit ouvrage mal assemblé. *Le Rouge et le Noir.* Stendhal entra dans mon existence, forçant une porte qui ne demandait qu'à s'ouvrir. J'ai mis des mois à le lire, m'arrêtant parfois des heures entières sur un paragraphe que je ne comprenais pas. Tu trouveras dans mes armoires des colonnes entières de carnets que j'ai noircis, racontant ainsi ma vie et relatant avec passion mes lectures. Je me suis construite avec chaque livre. Ils furent mes compagnons d'infortune, mes compagnons tout court. Si tu en as le courage, peut-être les liras-tu ? Sinon je te demande de les brûler mais, je t'en supplie, ne les jette pas simplement dans une poubelle. Je n'ai aucune envie d'être recyclée.

J'ai donc ouvert le carnet, j'ai commencé par inscrire la date. Trois mots dont deux chiffres, drôle de début, puis j'ai posé ma plume sur la deuxième ligne, cette phrase, le commencement de tout : "Je ne sais pas pourquoi j'écris ces lignes."

Avec ça j'étais bien partie pour remporter le Nobel mais j'avais besoin d'un détonateur, j'aime ce mot. Après je n'ai jamais arrêté d'écrire comme je n'ai jamais pu me détourner d'Elzéar.

Arriverai-je à te dire certaines choses ?

Tout ce qui s'est passé à Saint-Ambrose n'est que pur hasard et coïncidence. Sans la découverte, cet été, de cette caisse, peut-être ne m'aurais-tu jamais connue ?

Cette nuit d'août 1943, j'ai perdu ma raison de vivre. Elzéar est mort, assassiné par trois salauds.

Avant d'avouer, je veux que tu saches ce qu'Elzéar fut pour moi. Pendant des mois, nous nous sommes croisés. De temps en temps il me regardait, parfois me souriait, et moi je rentrais chez moi, transportée dans un monde que je ne soupçonnais pas. Ni mes parents ni ma sœur n'ont vu le changement qui s'opérait en moi. J'essayais de paraître moins bête et plus belle. Ma mère n'aurait jamais imaginé que sa fille puisse tomber amoureuse d'un garçon tel qu'Elzéar, ni même tomber amoureuse, d'ailleurs.

Qui voudrait de moi dans le village ? Pas même un saisonnier !

J'étais discrète, même si je collais un peu plus ma sœur quand je savais qu'elle allait retrouver la bande que formaient Andreani, Astier et Elzéar. Au début ce ne fut pas facile. Andreani ne m'a jamais aimée et en permanence il m'appelait la débile. Ma pauvre sœur en riait à gorge déployée. Les autres l'imitaient, comme de bons petits toutous, sauf Elzéar, qui prenait ma défense par un "Laisse-la tranquille". Trois mots qui furent une délivrance et la promesse un jour d'être à lui.

Je fus ainsi la cinquième roue du carrosse, m'arrogeant le droit d'être toujours là, présente aux côtés d'Elzéar.

Vois-tu, j'ai même passé des soirées derrière la maison face à la chambre d'Elzéar, tapie dans l'ombre, mal cachée par un bosquet qui semblait se moquer de moi à chaque bourrasque de vent. Mais, de ma cachette, je pouvais espionner celui qui hantait mes journées et mes nuits.

Combien de soirées ai-je consacrées à l'épier tel un oiseau de nuit, par tous les temps, qu'il y ait du mistral ou non, qu'il gèle, qu'il pleuve, que la douceur de l'été m'enveloppe... J'attendais que la petite lampe de chevet s'éteigne et me donne ainsi le signe du départ. Je me souviens au printemps de m'être endormie dans mon bosquet et d'avoir été réveillée par le chant d'un coq et une brise matinale. J'ai eu peur que mon Elzéar ne me surprenne mais, par chance, il se leva plus tard.

Sans qu'il le sache, j'ai été son ombre. Toujours cachée, comme invisible, j'avançais masquée, ayant l'impression d'être en permanence avec lui. Ma sœur sympathisant avec Elisabeth et Aubin, le groupe s'agrandit et je pus rester avec eux sous la protection d'Elzéar. La guerre nous cueillit à froid et les garçons se prirent pour des héros de papier. Mais ils n'agissaient pas, les Allemands étaient loin. Ils avaient juste besoin de parler, de tenir de grands discours, de s'imaginer avoir les solutions pour gagner. Elzéar était le plus vindicatif de tous. Qu'il était beau, en ébullition, nous expliquant comment gagner la guerre ! Je l'aurais écouté des heures évoquer la victoire. Le soir en rentrant, je tentais de coucher sur le papier la fougue d'Elzéar. Je n'ai pas compris qu'un jour cette passion l'emmènerait bien au-delà du raisonnable, pour me l'enlever à jamais.

Tu dois me prendre pour une folle. Tu n'aurais pas tort. Même moi, parfois, je trouvais irrationnel mon comportement. Chercher à être l'ombre de quelqu'un qui te regarde à peine, sans être sûre qu'il te voie un jour. Se cacher et surprendre d'autres filles qui essayaient d'approcher celui qui m'était destiné. Victor, j'ai souffert le martyre en voyant toutes ces greluches s'évertuer à faire de mon Elzéar le leur. Il en a bien embrassé quelques-unes mais rien de bien sérieux. Au début...

Puis, l'âge aidant, il a eu d'autres envies. Derrière mon bosquet à épier telle une chouette attendant qu'un mulot sorte de son trou, je les ai vus dans sa chambre. Lui devenir de plus en plus entreprenant et elle paniquer pour partir en courant à moitié dénudée… J'ai su tout de suite ce qu'il fallait faire.

Victor, tu n'es pas obligé de lire ce passage. Il ne fait pas de moi une vieille perverse ni même une obsédée. Non, j'ai voulu être parfaite avant de m'offrir à Elzéar. Je ne voulais pas paraître gauche ou malhabile, encore moins prude ou inexpérimentée. Je n'avais pas d'autre solution qu'apprendre et les candidats ne manquaient pas, même si je tenais à la plus grande discrétion. J'ai choisi un pauvre bougre de saisonnier qui n'a pas dû en croire ses yeux quand il m'a vue franchir la porte de sa cabane, nue comme un ver. Il fut tout d'abord un amant brouillon mais au fil des nuits il s'améliora pour être des plus convenables. Je n'en garde pas un mauvais souvenir. Il savait qui j'étais comme il savait également que cela n'irait pas plus loin. Un matin, il partit, et il est aussitôt sorti de ma mémoire.

Mon corps et mon esprit étaient forgés. Je n'avais plus qu'à m'offrir à Elzéar.

Pardonne-moi, Victor, mais cette partie de l'histoire m'appartient et même avec toi je ne pourrai la partager. Tout ce que je peux te dire c'est que jamais je n'ai revécu cela par la suite. Pendant quatre mois, nous avons été amants en cachette. Ce fut une des conditions que j'acceptai car Elzéar m'appartenait de toute façon. Il disait qu'il aimait mon sourire et tout ce que nous faisions dans la pénombre de sa chambre. De temps à autre, une fille occupait ses pensées mais comme elle jouait les prudes, c'est à moi qu'il retournait.

Jusqu'à ce que la providence mette entre les pattes d'Elzéar cette caisse et son lot de malheur. Combien ce maudit trésor a-t-il causé de morts ? Deux la nuit du 27 août et trois aujourd'hui. Suzanne peut être considérée comme dégât collatéral.

Elisabeth a très bien raconté l'histoire, celle qu'Andreani nous a avouée et celle que nous avons tous vécue ensemble en 1943. Tu peux ajouter la mienne, maintenant passée et présente, car j'ai un aveu à te faire.

L'été 43, malgré les Allemands dans nos rues, reste l'un des plus beaux étés de ma triste vie. Notre petit groupe tentait tant bien que mal d'en profiter. Nous n'avions pas grand-chose à faire. Les garçons faisaient des petits boulots à droite et à gauche, et nous, les filles, aidions dans nos maisons. Notre secret à Elzéar et à moi était bien gardé. Nous nous offrions l'un à l'autre dans la touffeur des nuits brûlantes de ce mois d'août.

La caisse a fait exploser notre fragile équilibre. Elzéar changea dès qu'il la cacha dans sa cave. Je comprends après toutes ces années qu'il ait eu envie de participer à cette guerre. Il tenait à être un héros et non pas un de ces gars qui attendraient la Libération pour crier victoire alors qu'auparavant ils avaient souri à l'occupant. Ce fut l'enfer. Les Allemands ratissaient toute la région pour remettre la main sur ce fichu coffre. Tu as entendu Elisabeth, ils ont failli se battre pour cet or. Chacun maintenant ses positions mais qui aurait pu croire qu'Andreani et sa bande iraient jusqu'à programmer la mort de mon Elzéar ?

Quand Andreani a craché le morceau, Elisabeth a failli s'effondrer comme j'ai cru que j'allais hurler... hurler, comme je l'ai fait, perdue dans les collines après la disparition de mon Elzéar. J'ai pleuré des nuits entières, prié tous les dieux que la terre porte pour qu'il revienne. Les heures ont passé. Mes parents ne m'ont pas vue pendant plusieurs jours. Ma sœur m'a prise par les épaules et secouée comme un prunier en m'interrogeant. Je n'ai pas pu lui avouer que je voulais mourir là, juste devant la porte de la maison.

Tu aurais vu le plaisir qu'a pris Andreani quand il nous a expliqué que se débarrasser d'Elzéar était la seule solution. Il jubilait presque. Et Aubin, lui si doux, si bon avec sa future fiancée, comment en est-il arrivé là ? Etait-il si mauvais au fond ? Abattre froidement son meilleur ami pour une caisse d'or !

Il faut que tu saches une chose à présent. Après notre petite sauterie chez Andreani, nous sommes rentrées chez nous. Suzanne, même si elle ne le montrait pas, semblait bouleversée. Quant à moi j'étais détruite une deuxième fois. Elisabeth n'allait guère mieux. Arrivées à la maison, nous nous sommes servi une orangeade. Pendant que je la préparais, j'ai mis dans le verre de ma sœur une bonne dose de somnifère. Je voulais être tranquille. Sur le chemin du retour, j'avais pris la décision de retourner voir Andreani. Je ne fus pas déçue.

Il était à table devant une assiette de soupe quand j'ai poussé la porte. Son “Qu'est-ce que tu veux ?” en me regardant à peine m'a assurée dans ma détermination. Je me suis mise face à lui et je lui ai posé une simple question : “Pourquoi ?” Cet imbécile s’est mis à rire.

— C’est vrai que t’avais le béguin pour cet Elzéar ! De toute façon, toi et lui, c’était de l’amusement. T’étais bien trop bête pour qu’il reste avec toi. C’est ça, il voulait s’amuser.

Le rire d’Andreani a résonné dans toute la maison, m’arrachant des larmes et une souffrance comme jamais. Face à moi l’assassin d’Elzéar, qui se moquait de moi et de la mémoire de notre couple.

Je me suis retrouvée derrière lui. Sur la desserte de sa cuisine, un beau couteau, à la lame bien longue. Il riait toujours quand je me suis retournée, la lame levée. Il n’a rien vu venir. J’ai frappé deux fois. Telle une professionnelle du crime, j’ai essuyé le manche du couteau avec un vieux mouchoir que j’ai fait disparaître par la suite.

Dois-je t’avouer que j’y ai pris du plaisir ? Je l’ai regardé mourir, la tête dans son assiette de soupe. Il eut un dernier soubresaut accompagné d’un étrange bruit, gargouillis de vermicelles et tomates. Je suis restée là, assise face à Andreani, à le fixer, mon sourire effacé, à pleurer toutes les larmes de mon corps l’homme que j’avais aimé et que je venais de venger.

Victor, à ce moment précis, je me suis crue en 43, je n’étais plus la vieille dame d’aujourd’hui mais la fringante demoiselle amoureuse à en crever d’un homme qui le lui rendait à sa façon. J’entendais le bruit de ses pas sur le seuil de la porte, sa façon caractéristique de cogner sur le bois. Je pouvais sentir son odeur, un subtil mélange de foin et de vie. Sa voix, sa joie de vivre, sa personnalité, ce tout qui faisait un ensemble magnifique. Puis je revins au présent, noyée dans mes larmes. J'eus envie de mourir mais aussi de massacrer ce cadavre. Je me retins car à ce moment-là, ton visage m'apparut. Une illumination, il était peut-être temps de me dévoiler. J'ai donc pris un bout de papier, écrit ton nom dessus pour le glisser dans la main du mort.

Il fallait que tu viennes et personne d'autre. Ce 27 août 1943, j'étais enceinte de ton père.

J'ai honte, tu sais, de ne pas avoir pu te parler pendant cette journée à Saint-Ambrose, de ne pas m'être dénoncée et d'avoir laissé un mort endosser mon crime en mettant dans sa chambre cette enveloppe que je gardais depuis des années et dans laquelle j'avais collectionné amoureusement chaque article qui parlait de toi. Elle ne me quittait jamais, une sorte de talisman. J'ai eu l'idée de l'abandonner dans la maison d'Astier comme pour me soulager, sachant très bien que je ne te dirais rien ni ce jour-là, ni jamais. Pourquoi vouloir m'immiscer dans ta vie maintenant ? Je suis peut-être ta grand-mère de sang mais de là à m'arroger le droit d'être ta véritable grand-mère, non je ne peux pas, même si j'en souffre.

Le lendemain de la mort d'Astier, quand nous sommes redescendues à Aix, j'ai pleuré une fois de plus dans la voiture. Ma triste sœur ne m'a pas réconfortée. Si je laissais derrière moi et de façon définitive cet été 43 et Elzéar, au moins je repartais avec la vérité. J'aurais voulu aller voir le lac mais au moment de partir vers la forêt mes jambes se sont dérobées sous moi et je me suis retrouvée assise sur une chaise de la cuisine, incapable de bouger. Dans la voiture, j'ai eu la sinistre impression que je ne te reverrais pas. A quoi bon puisque je n'ai pas pu te parler alors que tu étais devant moi. Et quelque part, ton grand-père était à tes côtés. C'était peut-être cela le plus important. Bizarrement, je ne regrette pas mon geste. Ils sont tous morts et mon Elzéar est parti depuis si longtemps maintenant. Il y a seulement quelques jours j'ai ressenti la nécessité de t'écrire.

Ton grand-père était un homme bien. J'imagine que ton père aussi. Mais ça je ne peux que le deviner.

En 1943, une fille mère, considérée comme attardée mentale par son entourage, n'avait pas d'autre choix que d'abandonner son enfant et d'essayer de cacher sa grossesse le plus longtemps possible. C'est ce que j'ai fait.

Je n'ai pas compris tout de suite ce qui m'arrivait. Les premières semaines, la douleur de la perte d'Elzéar m'a rendue folle, m'a écrasée, broyée. Il m'est arrivé d'espérer mais la rumeur était claire et nette. Aubin et Elzéar étaient tombés en héros. Je pleurais nuit et jour. Personne autour de moi n'essaya de m'aider, ni même de me consoler. Puis mon corps se transforma. Lentement, mon ventre s'arrondit.

A l'époque, je récupérais les vêtements trop grands de ma sœur et de ma mère, n'ayant jamais le droit d'avoir des habits neufs. Je ressemblais à un sac et cela m'arrangea les premiers mois pour dissimuler mon état.

Un jour, ma mère me surprit nue, en train de faire ma toilette, caressant tendrement mon ventre. Elle s'arrêta net, ouvrit la bouche sans pouvoir prononcer le moindre son, resta une longue minute à me regarder comme si j'avais la peste. Je ne pus que cacher mon ventre avec mon bras. Etait-ce pour me protéger ou pour protéger l'enfant ?

La suite est facile à deviner. Mes parents me traitèrent de traînée, ma sœur ne me soutint pas, comme à son habitude. J'allais être la honte de la famille.

— Il manquerait plus que ce soit avec un Allemand ! cria ma mère. Ce n'est pas avec un boche au moins ?

Je la rassurai d'un mouvement de tête mais je ne leur révélai pas l'identité du père. Jamais ils ne surent. De toute façon, cela ne changerait rien. Ce secret demeurerait entier. Enfin, j'avais quelque chose à moi. Personne ne me le prendrait. Hélas je me trompais sur ce point. Mes parents prirent la décision d'abandonner le bébé. Je hurlai que c'était hors de question. Mon père me gifla en me demandant si je tenais à attirer la curiosité de tout le village pour que les gens se moquent d'eux et qu'ils deviennent la famille du petit bâtard.

— Un déshonneur pareil ne s'effacerait pas avant cent ans, affirma ma mère.

C'est ainsi que lors d'une longue soirée, il fut décidé en leurs âmes et consciences qu'il était préférable de m'éloigner « le temps que tout ça se fasse »...

L'expression vient de mon père. Je revois encore son visage déformé par la haine. Ma mère campée derrière lui fuyait mon regard alors que j'implorais un peu de chaleur et de tendresse. Je n'en ai jamais eu ni d'eux ni de ma sœur, ni de personne, à part de mon Elzéar.

Ils ont trouvé rapidement l'endroit où m'envoyer. Comme quoi il devait y avoir dans la région assez de « filles perdues », comme l'a si bien dit Pagnol, pour pouvoir organiser aussi vite mon départ, avec des réseaux aux rouages parfaitement huilés. Sans comprendre ce qui m'arrivait, je me suis retrouvée assise à côté de ma mère dans un train en partance pour l'Auvergne, direction La Bourboule avec pour tout bagage un sac rempli à la va-vite de vieilles affaires sans goût ni grâce et surtout de mon carnet, mon dernier lien avec Elzéar.

Un autre lien grandissait en moi, je le sentais bouger. Il allait et venait sous mes mains pressées sur mon ventre chaud et rond. Je l'appelais mon petit bout et c'est ainsi que toute ma vie j'appellerais ton père.

Sur place, une vieille sœur tremblante nous a emmenées de la gare à une bâtisse un peu à l'écart de la ville. Malgré le train, la marche forcée pour cette horrible maison, malgré ma souffrance, mon petit bout a résisté et est resté bien accroché.

J'ai passé les derniers mois seule avec mon enfant dans une chambre froide, mal isolée. Les pires mois de ma triste existence. De temps à autre, j'avais quelques moments de répit pour écrire sur mon carnet à Elzéar, lui confier ma détresse et lui parler de son bébé, que ni lui ni moi ne connaîtrions. Les semaines se sont écoulées lentement, durement. L'échéance approchait et j'avais peur. Pas de souffrir, mais j'étais terrorisée à l'idée d'abandonner mon enfant ainsi.

Qu'allait-il devenir ? Lui donnerait-on de l'amour, lui qui ne saurait jamais rien de son véritable père et de sa mère qui lâchement l'abandonnait dans des bras inconnus ?

Je priai des nuits entières pour que ses nouveaux parents soient des gens bien. J'ai été exaucée, je crois.

Le jour fatidique ne s'est pas annoncé comme je l'avais imaginé. Sans comprendre ce qui m'arrivait, je me suis retrouvée allongée à souffrir le martyre : mon enfant allait m'être arraché, il fallait donc que je paye le prix de cet abandon, ce que j'ai fait pendant ma si longue et inutile existence.

J'ai à peine aperçu le visage de mon fils. La sage-femme a refusé de me le donner, même une seule fois, pour que je le sente sur moi, qu'il sache que sa mère ne voulait pas le quitter. J'ai hurlé, seule dans la pièce. Puis la porte s'est refermée, séparant nos deux vies à jamais.

J'étais au fond du gouffre sans aucune envie de relever la tête pour voir si une lumière brillait au loin. Ma famille n'aurait qu'à me faire interner pour de bon, je mourrais derrière les barreaux d'un asile psychiatrique. Vivre ne m'intéressait plus. Allongée sur mon lit, j'ai demandé à Dieu de me rappeler à lui, ce qu'il n'a pas fait, bien sûr. Mais il m'a envoyé une infirmière. Je revois encore son visage si beau et ses yeux aux couleurs si profondes. Elle me prit la main, ne parla pas tout de suite. Elle me sourit. Je sentis une chaleur forte m'irradier, chaleur qu'elle me transmettait. Doucement elle me parla, et moi qui refusais tout contact avec le monde, je ne pus que l'écouter.

Elle m'expliqua que mon fils grandirait heureux ailleurs grâce à ses parents adoptifs – elle n'employa pas le mot "nouveaux parents", ce qui me rassura. Mon enfant aurait de bons parents. Elle me précisa que leur dossier était sur le bureau du directeur et que le lendemain matin les portes ne seraient pas fermées à clé.

Puis elle partit non sans déposer sur mon front un léger baiser. Je ne l'ai jamais revue. Il m'a fallu quelques heures pour saisir ce qu'elle venait de me dire. Si je voulais connaître l'identité des parents de notre fils, il ne me restait qu'une chose à faire.

Le lendemain matin, j'ai suivi ses instructions et je me suis glissée dans le bureau. Sur une table de travail, j'ai trouvé une chemise en carton marron. Je l'ai ouverte avec précaution. J'ai lu mon nom et celui de monsieur et madame Kobolsian ainsi que leur adresse, rue du Pré-l'Abbé à Chamalières. Je suis repartie aussi discrètement que j'étais venue. En passant devant la pouponnière, j'ai vu tous ces bébés et les femmes en blanc qui s'en occupaient. J'ai serré très fort les poings, les larmes ne coulaient plus. Mon cœur était broyé à jamais.

Une semaine plus tard, j'étais de retour à Saint-Ambrose. Mes parents ne dirent plus un mot sur cette histoire. Avaient-ils peur de ma réaction après l'aveu du médecin inquiet pour ma santé mentale ? Ma sœur se pavanait au bras d'un jeune boucher en apprentissage. Pas très longtemps car il lui préféra une autre fille du village, bien plus dévergondée, ce qui n'était pas difficile. Elle m'évita des mois durant avant qu'elle ne réalise qu'un jour je serais son fardeau. Et je le fus, Victor, un poids lourd et bien accroché.

Elisabeth quitta le village avant que je rentre, et Andreani et Astier ne m'adressèrent plus jamais la parole avant ce soir de convocation. Enfin je parle de César, ce pauvre Astier n'étant plus qu'un légume. J'aurais aimé appuyer l'oreiller sur sa triste figure et voir la mort lui peindre un autre visage. Quelle aurait été sa réaction quand j'aurais plongé ses yeux dans les miens en lui expliquant que je savais tout et qu'il allait mourir ?

La vie reprit son cours. On me laissa tranquille. J'ai écrit sur un de mes carnets le nom et l'adresse de mon petit bout.

"Kobolsian".

Sais-tu que j'aimais ce nom et que je ne leur en ai jamais voulu ? Ce n'étaient pas eux qui avaient pris mon fils. Non, ils n'avaient fait que le recueillir et l'aimer. J'ai passé des nuits à l'imaginer dans son lit. Comment était-il maintenant ? Faisait-il ses dents ? Pleurait-il la nuit ? Savait-il au fond de lui que sa véritable maman était loin mais qu'elle l'aimerait toujours ? Que d'interrogations et d'angoisses pendant ces insomnies. Les autres, dans la maison, dormaient du sommeil du juste alors qu'ils étaient les seuls coupables et responsables de mon abandon.

Le jour du premier anniversaire de mon fils, je suis descendue dans la cuisine, un sac de voyage à la main. J'ai juste dit à ma mère que je m'absentais. Elle n'a posé aucune question, souhaitant certainement que je ne revienne pas. Je ne leur ai donné aucune explication, ni sur mon comportement ni sur ma destination. Ce voyage, je le ferais à chaque anniversaire, où qu'il soit, je serais là. Je repris le même train et je me suis arrêtée à la gare de Royat.

J'ai trouvé, en face, une modeste pension de famille, mes maigres économies ne me permettaient pas plus mais je m'en suis contentée. La logeuse m'a indiqué le chemin pour me rendre jusqu'au centre de Chamalières. Là, je trouverais bien quelqu'un pour me guider.

J'avais une adresse mais pas de numéro. Au bout de la rue du Pré-l'Abbé, un commerçant chez qui je fis une brève halte me le donna. Plus j'approchais de la maison, plus mon cœur se serrait. Je le savais là, derrière ces murs, si près de moi. Un petit café m'accueillit et, sur la terrasse malgré un temps frais, je gardai un œil sur la maison. Puis je vis arriver une jolie femme tout sourire, poussant un landau avec, à ses côtés, son mari.

Aurions-nous été pareils, Elzéar et moi, bras dessus bras dessous avec notre enfant ?

Aurai-je droit à ce bonheur une fois l'orient éternel atteint ?

Je me suis levée d'un bond. Avant qu'ils ne rentrent chez eux, je voulais passer à côté de mon fils, le voir et même lui sourire. Le couple, en me voyant approcher radieuse, me salua d'un signe de tête, que je rendis non sans complimenter les parents d'avoir un si bel enfant. Oh oui qu'il était beau, mon petit endormi, son poing fragile serré contre son joli visage.

J'éprouvai quelques secondes de bonheur à le regarder et je me fis la promesse de venir le voir chaque année pour son anniversaire.

Promesse que je tins. Personne à Saint-Ambrose ne posa de question. Ni même ma sœur quand nous fûmes installées toutes les deux à Aix. Je disparaissais trois jours par an sans explication. Ainsi, je vis grandir ton père tout au long de ces années. Le flot tranquille de la vie me porta d'anniversaire en anniversaire. J'eus de la chance que tes grands-parents ne déménagent pas et qu'ils décident de vieillir dans cette rue de Chamalières. Je suis allée à leur enterrement, prévenue par le commerçant avec lequel j'avais sympathisé au fil de mes visites. Mais je ne me suis jamais approchée de ton père. Je ne voulais pas intervenir alors qu'il était accablé de chagrin ainsi que ta mère et toi-même. Si tu savais combien de fois nous nous sommes croisés sans que tu le saches et quel plaisir je prenais à vous regarder vivre une vie normale. J'ose dire que j'en fis partie d'une certaine façon, invisible et aimante à la fois.

Quand j'ai appris la mort de ton père, mon petit bout, je fus anéantie, détruite une deuxième fois. Comment aurais-je pu imaginer qu'un jour la vie me l'enlèverait ? Dans l'ordre logique des choses, c'était à moi de partir en premier, sans faire de bruit. Pourquoi la vie me punissait encore ? Qu'ai-je fait de mal pour souffrir de la sorte ?

Toutes ces années passées à le voir grandir, de temps en temps, contact furtif et vite effacé dans sa mémoire. Sais-tu que j'étais présente à son mariage ? Assise au milieu des invités, bien habillée pour l'occasion, j'étais pour mes proches voisins une cousine lointaine. Qu'il était beau dans son costume avec sa femme à son bras. J'ai fermé les yeux et je me suis vue à mon tour remonter l'allée centrale avec Elzéar.

Je suis venue te voir à ta naissance. En passant devant la chambre, j'ai joué la grand-mère perdue dans un dédale de couloirs. Malgré sa fatigue, ta mère m'a souri. Dans un lit aux parois transparentes, un petit bonhomme dormait profondément. Je suis restée un instant à te contempler avant que ta maman me confie ton prénom : “Victor”.

Mon petit-fils s'appelait Victor, et Dieu que cela t'allait bien ! Maintenant je venais vous voir deux fois par an. La première fois pour l'anniversaire de ton père et la seconde pour le tien. J'aimais ces voyages qui me rapprochaient de vous. Dans le train, on me demandait souvent ce que j'allais faire en Auvergne. Fièrement j'annonçais que je partais visiter ma famille, voir mon fils et mon petit-fils.

Ma très chère sœur n'en sut jamais rien, même le jour où je suis montée en Auvergne toute de noir vêtue. Elle avait abandonné depuis longtemps l'idée de comprendre. Elle me laissait faire, appréciant ces rares jours de solitude. Une drôle de liberté conditionnelle.

Dans le wagon, noire de pied en cap, le visage fermé, personne ne me demanda les raisons de mon déplacement. Mon fils venait de mourir et jamais je n'aurais eu l'occasion de lui expliquer mon geste, cet abandon. Ni même de le serrer dans mes bras. Je suppose que ses parents ont dû lui dire qu'ils l'avaient adopté. Ton père a-t-il cherché à connaître ses véritables géniteurs ?

Lors de son enterrement, je ne me suis pas mêlée à la foule. J'étais seule au fond de l'église, à pleurer en silence la perte de mon fils. J'avais déjà ressenti cette douleur infinie à la mort d'Elzéar. Et il fallait que je la vive à nouveau. J'aurais aimé me jeter dans tes bras, Victor, et tout te dire, mais j'en ai été incapable comme je l'ai été devant toi à Saint-Ambrose. Voilà pourquoi j'attends ma dernière heure pour t'écrire et te confier la vérité.

Il y a deux jours, ma sœur m'a avoué que le jour de sa mort, elle serait enterrée à côté de nos parents et de son mari et qu'hélas il n'y aurait pas de place pour moi. Un caveau à quatre emplacements. Elle s'est mise à rire, presque hystérique. Elle m'avait supportée toute sa triste vie, alors partager l'éternité avec moi !

Je lui ai expliqué que ce n'était pas grave, on n'aurait qu'à m'incinérer et jeter mes cendres dans le lac noir, avec mon Elzéar.

“Ton Elzéar”, a-t-elle dit, et elle est partie dans un fou rire qui ne voulait pas s'arrêter, puis elle a semblé s'étouffer. Elle s'est effondrée dans son fauteuil. Elle a essayé de dire quelques mots, m'a tendu la main. Je suis restée impassible avec mon sourire et je l'ai regardée mourir. Sa dernière vision fut celle de la personne qu'elle a haïe le plus, tout au long de son existence.

Je crois que j'arrive au bout de ce que j'appellerai mes confessions. Drôle de façon de faire connaissance tous les deux, tu ne crois pas ? J'espère que tu ne m'en voudras pas mais je n'ai pas su faire autrement.

J'ai maintenant deux dernières volontés, à toi de voir si tu veux les exaucer.

Tout d'abord j'aimerais que tu détruises ces feuillets. Je t'ai tout dit et je souhaite que personne d'autre ne sache. Tu n'auras certainement pas besoin de relecture. Raconte ce que tu veux à tes supérieurs, cela ne changera rien pour moi. Je ne crois ni au paradis ni à l'enfer, juste au moment où, lorsque je fermerai les yeux pour la dernière fois, je verrai Elzéar apparaître.

Pense à moi quand tu liras ces lignes et prie pour que je sois dans les bras de ton grand-père.

Enfin, je voudrais que tu me fasses incinérer et que tu répandes mes cendres au milieu du lac. Je n'ai jamais pu y revenir durant toutes ces années. Quand tu m'auras rendue aux eaux du lac, tu n'auras plus qu'à m'oublier.

Pardonne-moi encore... je sens les somnifères m'engourdir...

Il est temps pour moi de me taire.

Solange. »

Epilogue

Kobolsian gara sa voiture à l'entrée de Saint-Ambrose. Léa avait tenu à l'accompagner. Elle avait encore des difficultés à marcher. Son kiné lui avait formellement interdit de courir mais la marche était recommandée. Léa s'était emmitouflée dans sa parka et une grosse écharpe de laine lui couvrait la moitié du visage. Le vent qui soufflait fort avait fait baisser la température. Le ressenti était glacial. Victor portait son blouson de cuir et remontait le col sur ses oreilles. Il ouvrit la porte arrière gauche et récupéra, bien calée sur le siège, l'urne contenant les cendres de Solange Trévor. Il n'avait jamais pu dire le mot « grand-mère » car sa véritable grand-mère paternelle avait été une femme formidable et il ne pouvait la renier sous prétexte qu'une autre apparaissait au grand jour. Il parla de Solange à Léa. Le soir de la découverte des corps des deux sœurs, Victor se confia à sa femme. Quand il eut fini, Léa pleurait. Lui aussi avait été bouleversé par la lecture de la lettre et ce qu'elle impliquait. Cette femme avait réveillé chez lui de lointains souvenirs, son père évoquait parfois ses parents

– ceux qui l'avaient mis au monde – et leur en voulait de l'avoir abandonné, mais jamais bien longtemps. Il y avait en lui une part d'ombre qu'il avait décidé d'oublier. Sur son lit d'hôpital, affaibli à quelques heures de la mort, il avait avoué à son fils qu'il avait cherché l'identité de sa « véritable » mère et n'y était jamais parvenu. Ainsi, Solange et son fils avaient raté un rendez-vous que la vie avait tenté de leur offrir. La mort se chargerait peut-être de les réunir. Victor fit enterrer à côté de son père un peu des cendres de Solange. Elle avait bien le droit de partager un bout d'éternité avec lui.

A personne Kobolsian ne révéla la vérité. Au nom de leur amitié, il demanda à Armelle d'oublier la découverte de la lettre avec cette écriture similaire retrouvée à Saint-Ambrose. Un jour il lui expliquerait. La jeune femme accepta sans chercher à comprendre. Elle faisait confiance à son ami. Quand Abrest lui demanda pourquoi on l'avait appelé sur place, Victor haussa les épaules : il ne voyait pas.

Le légiste conclut pour Suzanne à une mort naturelle et pour sa sœur au suicide. Victor mentit à son chef en expliquant que la vieille dame handicapée mentale avait dû paniquer et, face à la peur de la solitude, avait préféré la solution radicale de la mort. Kobolsian noya le poisson avec un certain savoir-faire. Abrest, qui était déjà passé à autre chose, l'écouta d'une oreille distraite.

Les bois autour du lac finissaient de perdre leur teinte automnale. Au bord de l'eau, le couple vit cet îlot et cet arbre étrange planté en son milieu.

Kobolsian prit son temps avant d'ouvrir l'urne. Le vent se leva encore plus fort. Léa adressa un petit sourire à son mari.

— Vas-y, lui dit-elle en posant sa main sur son bras.

Victor s'exécuta. Il eut l'impression de vivre ce moment au ralenti, comme si le temps s'arrêtait pour rendre hommage à Solange et à sa drôle de vie.

Le vent emporta les cendres de la vieille femme dans un tourbillon étrange, comme une dernière danse.

Victor espéra que Solange avait retrouvé ainsi les bras d'Elzéar.

Remerciements

Tout d'abord un grand merci à Caroline, mon épouse, et à mes enfants, Marie et Simon. Pas toujours facile de supporter un mari et papa écrivain…

Merci également à toute l'équipe des Presses de la Cité : Denis, Carole, Laura, Isabelle, Marie-Jeanne, Cécile, Gwénola, Gregory, Louise, Emmanuelle, Danaé, Camille, Fanny, François… pour votre travail, vous m'avez permis de réaliser un superbe rêve…

Merci aussi à tous les représentants et équipes d'Interforum, grâce à eux ce livre est présent dans les librairies.

Merci à tous les libraires qui ont accueilli mon livre et mon humble personne lors des nombreuses séances de dédicaces et salons.

Et bien sûr merci à vous toutes et tous qui lisez mes livres.

L'aventure continue…

Retrouvez toute l'actualité, salons et dédicaces sur http://patricepelissier.over-blog.com ainsi que sur la page Facebook Patrice Pelissier.

Vous souhaitez en savoir plus sur les livres et les auteurs
de la collection Terres de France ?
Retrouvez toutes les informations sur le site
www.collection-terresdefrance.fr

et sur nos pages Facebook & Twitter.

MIXTE
Papier issu de sources responsables
FSC™ C003309

Composition et mise en pages : FACOMPO, LISIEUX

Cet ouvrage a été imprimé en France par

CPI
BUSSIÈRE

à Saint-Amand-Montrond (Cher)
en août 2012

Numéro d'impression : 122395
Dépôt légal : septembre 2012